2DB
二次元ドリーム文庫
小説 竹内けん
イラスト 夜風ジャパン
ハーレムディーヴァ
Harem'Diva
世界を巡る歌姫のオーバーチュア

ハーレムシリーズの世界

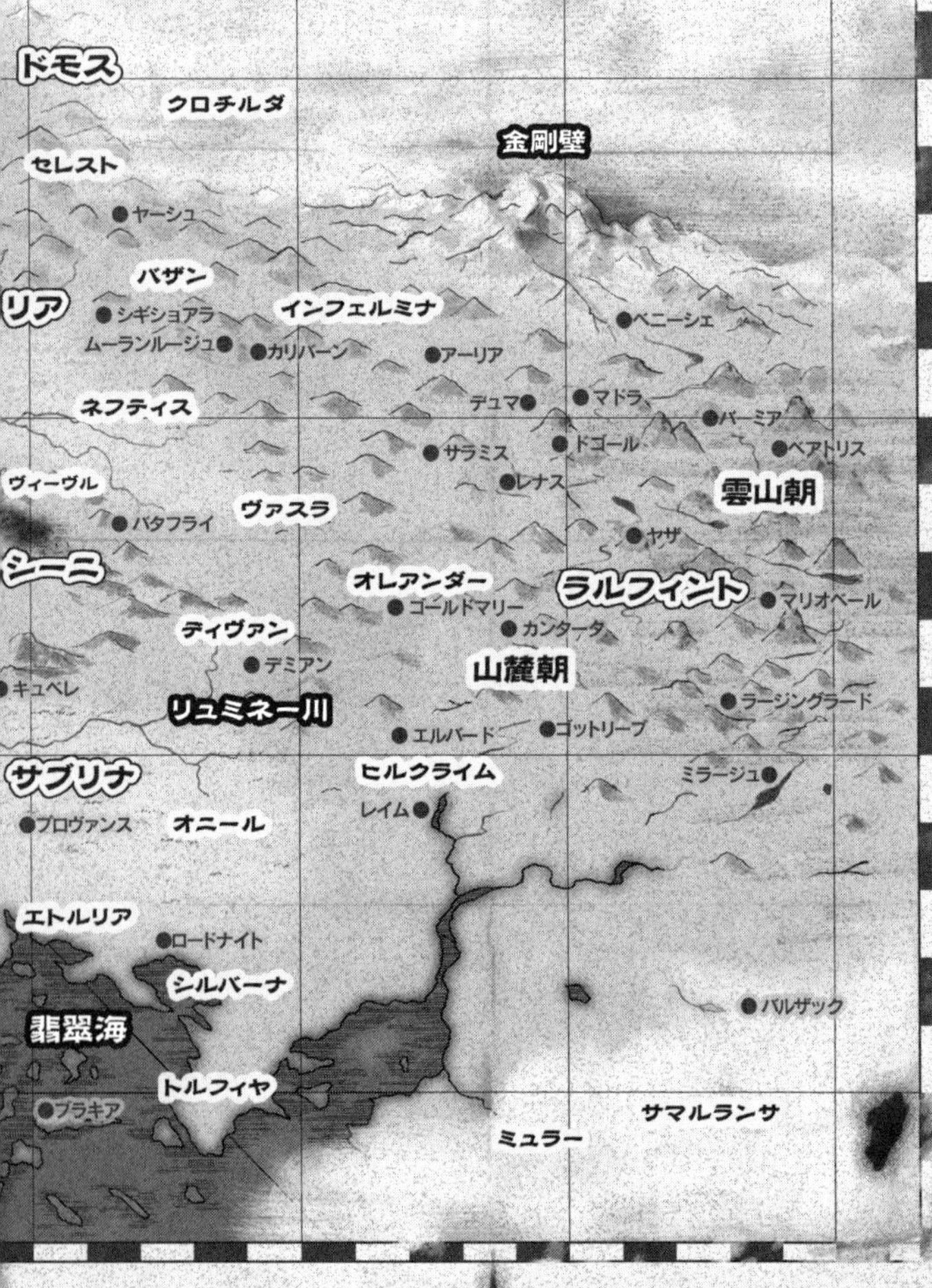
ドモス
クロチルダ
金剛壁
セレスト
ヤーシュ
バザン
リア
シギショアラ
インフェルミナ
ベニーシェ
ムーランルージュ
カリバーン
アーリア
ネフティス
デユマ
マドラ
バーミア
ドゴール
サラミス
ベアトリス
ヴィーヴル
レナス
雲山朝
バタフライ
ヴァスラ
ヤザ
シーニ
オレアンダー
ラルフィント
マリオベール
ゴールドマリー
ディヴァン
カンタータ
テミアン
山麓朝
キュベレ
リュミネー川
ラージングラード
エルバード
ゴットリーブ
サブリナ
ヒルクライム
ミラージュ
レイム
プロヴァンス
オニール
エトルリア
ロードナイト
シルバーナ
翡翠海
バルザック
トルフィヤ
ブラキア
サマルランサ
ミュラー

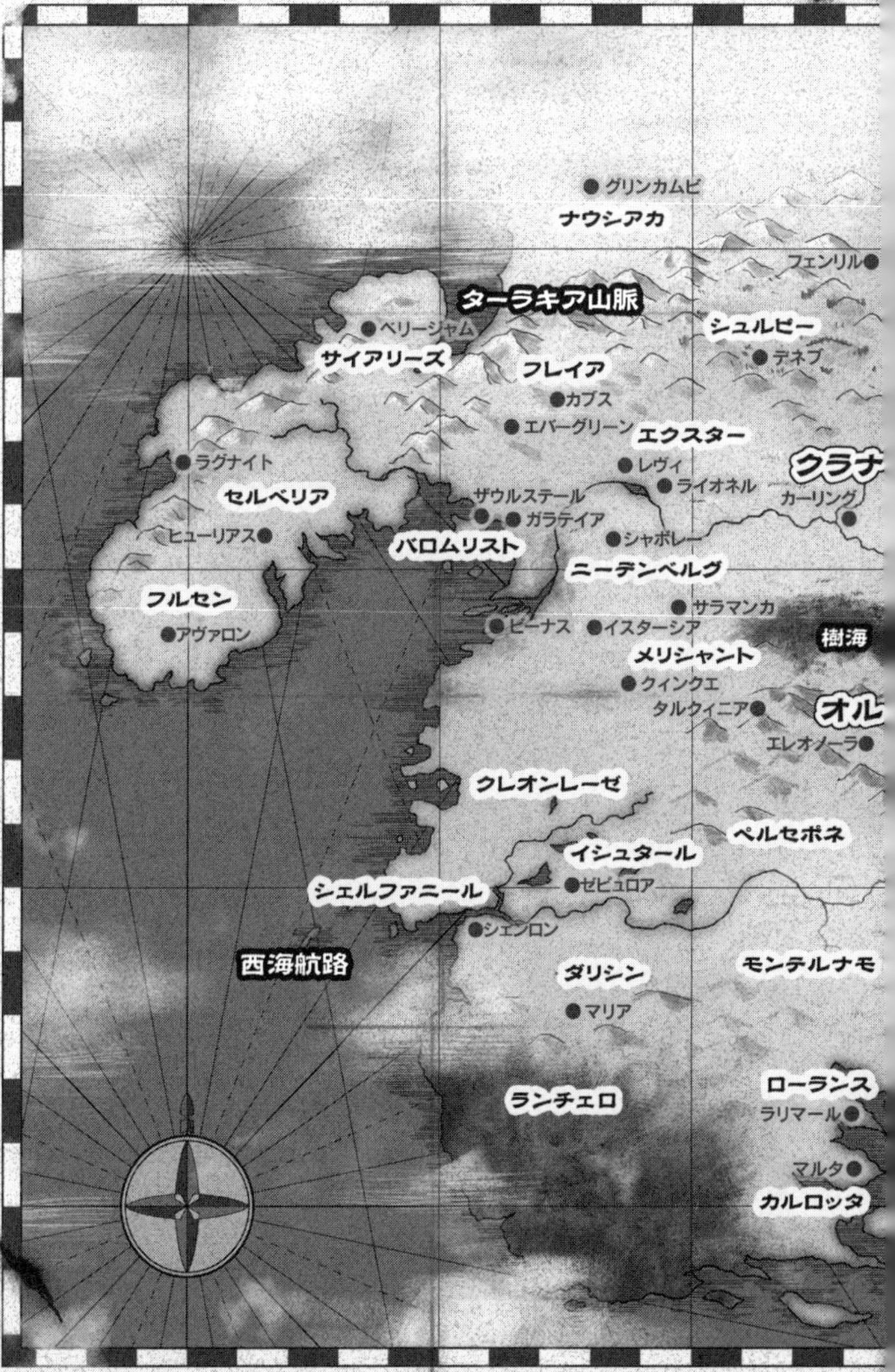
グリンカムビ
ナウシアカ
フェンリル
ターラキア山脈
ベリージャム
シュルビー
サイアリーズ
テネブ
フレイア
カブス
エバーグリーン
エクスター
ラグナイト
レヴィ
クラナ
ライオネル
セルベリア
ザウルステール
カーリング
ガラテイア
ヒューリアス
シャボレー
バロムリスト
ニーデンベルグ
フルセン
サラマンカ
ビーナス
イスターシア
アヴァロン
樹海
メリシャント
クィンクエ
タルクィニア
オル
エレオノーラ
クレオンレーゼ
ペルセポネ
イシュタール
ゼピュロア
シェルファニール
シェンロン
西海航路
ダリシン
モンテルナモ
マリア
ローランス
ランチェロ
ラリマール
マルタ
カルロッタ

Harem Diva
Characters
ベルナール
シュルビー王国の絶世の美姫だが、
その実お転婆で大胆な行動に出る
ことも。長らく幼馴染のライナスに
恋心を抱いている。
エイミー
聖歌隊に所属する孤児少女。
舞台上の神秘的で堂々とし
た歌声とは裏腹に、普段は
天然でぼんやりしている。

アルネイズ
『愛と情熱の舞踏団』の座長を
務める踊り子。舞台映えのする
身体を磨き上げ、男を悦ばせる
経験豊富な年長者。
ライナス
シュルビー王国に帰属する
豪族生まれで、国王の親衛
隊長を務める壮年の騎士。
ミリア
明るく陽気な性格で人々を惹
きつける流浪の女騎士。『花
流星翔剣』の使い手で、護衛
としてしばし行動を共にする。

第一章　鎮魂の歌

『輝く胸甲に包まれた熱き使命、手に持つは天を割く剣、いざ誉のために足を踏み出せ』

仙樹暦一〇二二年の秋。

針葉樹が生い茂るシュルビー王国。

国王の親衛隊長を務めるライナスは、首都デネブの城下にある『単眼の巨人神』の神殿で、聖歌隊に混じって笛を演奏していた。

神殿で軍歌とはミスマッチの極みだが、参拝者で気に留める者はいない。

武器を手に忙《せわ》しく行き来している彼らにとって、神殿に流れる音楽になど意識を割いている余裕はないのだ。

(みな明日をも知れぬという恐怖から神様に縋《すが》りに来ているんだろうな。もっとも、俺は明日どころか、いまこの瞬間に死んだとしても後悔はない)

ライナスは今年、三十歳になる。

結婚はしていない。生涯するつもりもなかった。

なぜなら、シュルビー王国に帰属する豪族の四男坊だったからだ。

家督を継がない男子が、王家に仕えて国王直属の騎士になるというのはよくある道だ。そして、国家のために死ぬことを家族から期待されている。そうすることが、家としての忠義の証となるからだ。

ライナスはそのことを幼少期から自覚していた。いや、そう育てられてきたのだ。

だから、結婚はしない。守るものができたら、いざというとき自分の命を惜しんでしまう。それでは自らの存在意義を否定することになる。

いつでも死ぬ覚悟を持つために、結婚しないというのは乱世の武人の一つの在り方だ。

そんな刹那《せつな》的で気楽な生き方が、性に合っていると思う。

扶養家族を持たずに済むのだから、自由になる金と時間はある。高級な娼婦を買うことはできるし、こうして神殿で楽器演奏を楽しむこともできた。

現在、ライナスが楽器演奏を楽しませてもらっている『単眼の巨人神』は、シュルビー王国でもっとも人気のある神様で、鍛冶屋の神様として知られる。

シュルビー王国は良質な木材が取れた。

木材があるということは、鉄の精製にも優れるということだ。なぜなら鉄を精製するのに大量の木材を必要とする。

高熱の炉の前で仕事をする鍛冶職人は、火のせいで片目だけ失明する者が多い。そのため鍛冶の神様といえば片目なのだ。

そして、鍛冶といえば、武器である。

よって戦の神ともされていた。

そんな神様を祀《まつ》る神殿に参拝者が詰めかけているということは、戦が近いということだ。

事の起こりは二年前、北の隣国ドモス王国にロレントなる狂った王が誕生したことだった。

二十歳で即位した彼は、同時に世界の武力制圧を宣言した。

それを聞いたとき、ライナスをはじめとしてみな失笑したものである。

「井の中の蛙大海を知らずとは、まさにこれだな」

ドモス王国は北の辺境にある。大国でないどころか、馬と飛龍しかいないような、草原の最貧国であった。

しかし、狂った野望に取りつかれたこの覇王気取りの若者は、隣国セレスト王国との一年に渡る熾烈な戦の果てに、ついにこれを攻め滅ぼしてしまったのである。

世界征服を標榜している以上、次なる獲物に襲い掛かるのは確実で、それは我が国だ、ということでシュルビー王国は対応に追われているのだ。

国王の親衛隊長たるライナスも当然忙しいのだが、出陣前の最後の息抜きとして聖歌隊で笛を吹かせてもらっていた。

宗教施設と芸術文化は、切っても切れない関係にある。

聖歌隊のメンバーは百人ほどだろうか、みな孤児だ。

保護者のいない子供を引き取って育てるのは宗教施設の存在意義の一つである。

しかし、無駄飯を食わせるほどに余裕はないし、子供に聖職者としての仕事は務まらないので、とりあえず歌わせておこうという方針なのだろう。

みなそれなりに練習しているようだが、いずれも素人の域を出ておらず、よってライナスなどが飛び入りで混じっていても足を引っ張る心配はない。

唱者が交代した。

独りで朝から晩まで、ぶっ通しで歌うことなど不可能だからだ。

『る～りら、る～りら、る～ららら～～～』

意味のない音声で、即興のメロディを歌うことをスキャットという。

その歌声が聖堂に流れ始めると同時に、参拝客の足の動きと雑談が一瞬止まった。

(ん？　この子は上手いな)

感嘆《かんたん》したライナスは、笛の演奏をしながら歌手に目を向けた。

年のころは十代の半ば、といったところだろうか。

見習いシスターの白い修道服を纏《まと》い、清冽な湖水で梳いたかのような水色の髪をしたやせぎすの娘だ。肉付きの薄い小さな顔に、細い首筋、薄い肩。小枝のような手足。栄養のある食事をちゃんと取れているのか、と少し不安になる容姿である。

しかし、そんな儚げな雰囲気とは裏腹な、力強い歌声だ。

(まだまだ粗削りかもしれないが、本格的に練習すれば大化けするかもしれないな)

そんな予感に囚《とら》われたが、自分がどうこうできるようなものではない。

一時の楽しい合奏を終えたライナスが他の演者と交代したところで、二十歳ぐらいのシスターが、蜂蜜を垂らした水の入った木製のコップを差し出してきた。

「お疲れ様です。こちらをどうぞ」

「ありがとう」

一言礼を言って口をつけたライナスは、あたりを見回す。

先ほど歌っていた少女が目についた。

歌っているときはまるで大天使が降臨したかのような存在感を放っていたのだが、いまは仲間たちに混じってぽぉ～としている。

目立たない少女だ。

「美味しかった。もう一杯もらっていいか？」

「はい」

頬を染めたシスターからもらった御代わりを持ち、独り座っている少女のもとに歩み寄る。

「ご苦労さん。いい歌声だったよ」

「……。ありがとうございます」

差し出されたコップを、少女は戸惑いながら受け取った。

「俺はライナスだ。キミの名前を教えてくれるかい？」

「エイミーです」

親衛隊長などという肩書を持っていながら神殿に出入りしているライナスは、それなりに悪目立ちしている存在だ。しかし、この少女はまったく関心がないようである。

蜂蜜水をもらっても特に感謝しているふうでもない。

「エイミーか、よし覚えた。キミ、歌うのは好きか？」

「はい」

「かわいげのない歌ばかり歌わせて悪いな」

戦が始まるのだ。仕方ないとはいえ、軍歌など歌いたくはないだろう。

「いえ、歌わせてもらえているだけで、楽しいです」

エイミーの顔にも声にも気負いはない。本当に謡えればそれでいいようだ。

(なるほど、好きこそものの上手なれってやつか)

歌うのが大好きだから、自然と歌も上手くなる。

「まぁ、いまだけだ。戦が終われば聖歌なり流行歌なり好きな歌を好きなだけ歌えるようになる。それまで我慢してくれ」

「はい」

中年に差し掛かったおじさんと、世の中の汚いことなどなにも知らないであろう無垢な少女が談笑しているところに、先ほどのシスターが割って入ってくる。

「ライナス様は、明日、出陣なのですよね。今宵は壮行会ということでお食事などをご一緒したいのですが」

「いや、せっかくの申し出だが、饗応は遠慮させてもらおう」

「さ、左様ですか……残念です」

結構な美人シスターだが、下心が見え見えなだけに、ライナスは丁寧に断った。

おそらく彼女も孤児出身で、この教会で育っただけに世間知らずであり、教会から連れ出してくれる男を探しているのだ。

(悪いが、俺はあんたに相応しい男ではないよ。世間にはもっとマシな男がいくらでもい

るさ)

美人シスターはなにを誤解したのか、年端もいかない少女を睨《にら》んでいる。

エイミーは図太いのか、先輩の視線など気にせずに蜂蜜水を美味しくもなさそうに飲んでいる。

(こいつは天然だな。歌うこと以外に興味がなさそうだ)

ライナスが苦笑を浮かべたとき、不意に厳《おごそ》かであるべき神殿内が騒がしくなった。

「隊長、ライナス隊長はどこにいますか？　隊長——！」

二十歳ほどの青年だ。親衛隊の制服を着ている。

聖歌隊の人々が一斉に、ライナスの顔を見る。仕方ないので右手をあげて位置を知らせる。

「ボルク、ここだ」

「ライナス隊長、こんなところにいましたか！　探しましたよ、もう！」

活きのよすぎる若者に詰め寄られたライナスは一喝する。

「煩い！　神殿では静かにしろ」

「失礼しました」

青年はわざとらしく敬礼する。

「それで、こんなところまでなんの用だ」

「そうでした、陛下がお呼びです。至急、ライナスを連れてこいって、なんかすごい剣幕でしたよ。なにかやったんですか？」

ライナスは少し考える。しかし、すぐに諦めた。

「いや、特に心当たりはないな。まぁ、いま行く」

出陣の前夜だ。火急の用事ができて親衛隊長を呼び出しても不思議ではない。

ライナスは聖職者たちに丁寧に礼を言って、神殿を辞すことにする。

「今日は楽しかった。いい息抜きができたよ。また演奏に参加させてくれ」

「ご武運をお祈りしています。またいつでもいらしてください。お待ちしております」

聖歌隊のリーダーっぽい美人シスターは、満面の笑みで応じる。

それに軽く頷いてからライナスは、聖歌隊の隅っこにいる少女に軽く手を振る。

「頑張れよ」

「……」

木製のコップを両手に持った見習いシスターは、茫洋《ぼうよう》とした顔を向けてくるだけだった。

※

「陛下、お呼びと伺い参上いたしました」

休日出勤させられたライナスが王宮に向かうと、食堂に通された。

大テーブルには、国王ライスレーンの他、王子王女、その子供たちといった王家二十人あまりがついていた。

「ご家族との団欒中失礼いたします」

「ライナス、ようやく来たか」

上座に座っていたシュルビー王国の国王ライスレーンは、御年七十歳にならんとする老齢である。

いつ家督を譲って引退してもおかしくない年齢だ。しかし、期待していた王太子が不慮の事故で亡くなったため、後継者を忘れ形見の嫡孫にするか、繋ぎとして次男三男を入れるかで悩み決めかねているうちに今日に至る。

（なんだ？　陛下のご様子、いままでにないものだな……）

国王は怒っているという話であったが、それとはまた違った雰囲気だ。

顔が赤いのは酒が入っているせいだけではないだろう。複雑な感情が読み取れる。同時に周りの王族の方々は妙にニヤニヤした表情だ。

ライナスは十歳のときにこの王にお目見えし、その場で見習い騎士として側仕えを命じられ、親元を離れた。寝室の不寝番などを務め、十八歳で騎士に叙勲されると同時に、親衛隊士に任じられる。以後十年間、親衛隊員として勤め、一昨年に親衛隊長を拝命した。

まさに生粋の子飼い家臣だ。

国王の顔は、親の顔より見ている。

他の国の王のことは知らないが、間近で見ている限り悪い主君ではない。

家臣や近親者を無意味に殺したことはないし、意味のない戦争を仕掛けたこともなかった。

隣国のセレスト王国や、クラナリア王国と誼《よしみ》を通じて、平和外交に努めた。もっとも、セレスト王国がドモス王国に滅ぼされることになり、長年の外交努力は消し飛んでしまったが……。

それでも命をかけて忠誠を尽くすに値する立派な主君だと、ライナスは誇りに思っている。

この主君の命なら、理由を聞かずに女子供を殺すぐらいの覚悟はしていた。

「おまえに勅命を与える」

「はっ」

畏《かしこ》まる臣下に、老練な国王は厳かに告げた。

「予の娘ベルナールと結婚しろ」

「……」

なんとも言えない沈黙があたりに流れた。

ライナスは言葉の意味を反芻《はんすう》して、ややあって上目遣《づか》いに主君の顔色を窺《うかが》う。

「……陛下の命とあらば喜んで、と拝命したいところですが、えーと、この忙しいときになんの余興ですか？」

困惑するライナスの反応が予想通りだった、というようにテーブルについていた王族の方々から笑い声が起こる。

それを吹き飛ばすように、ライスレーンは一喝した。

「痴《し》れ者め！　貴様は予の言葉を蔑《ないがし》ろにするのか！」

「し、失礼いたしました」

慌てて再び頭を下げる臣下に向かって、老いた国王は言い聞かせる。

「知っての通り、予の末娘ベルナールはセレスト王国との政略結婚の話が進んでいた。しかし、セレスト王国そのものが滅んでしまったからな。立ち消えだ。また政略結婚の道具にするのは忍びない。好きなやつと結婚させてやろうという父としての配慮だ」

「いえ、しかし、姫様のお気持ちなどを愚考しますに……」

なお抗弁しようと試みるライナスに、大テーブルの末席に座っていた妙齢な美女が立ち上がる。

「わたくしからライナスと結婚させてくださいと、お父様にお頼み申しあげました」

月の光を紡いだかのような白金の長髪をハーフアップに結い上げ、赤い宝石の付いた額飾りで留めている。白を基調としたチュール生地の豪奢《ごうしゃ》なマントを肩当てで留め、体にぴっちりとしたキャミソールの上から紫の胸当て。腕にはレースの付いたロンググローブ。腰元には布を巻いているが、紫色の短パンを見せ、スラリとした脚には白地に透かし柄の入ったタイツを纏っていた。

戦時下に相応しい、華やかな姫騎士装束である。

その装いに恥じず、弓の名手として知られたライスレーンの末娘のベルナール。年齢は二十四歳。

女としてもっとも美しい時期ということもあるだろうが、控えめに言って絶世の美女である。月の女神が降臨したかのようだ。

「えっ！　……あ」

言葉もなく絶句しているライナスのもとに、席についていた王子様お姫様たちが立ち上がり寄ってくる。

「ライナス、諦めろ。年貢の納め時というやつだ。優雅な独身生活は終わりだ」

「おまえには今後とも我が国の柱石として働いてもらわねばならん。ベルナールの婿となれば、より大きな仕事を任せられる」

「それともなにか、俺たちの妹に不服でもあるのか」

亡き王太子の嫡子たる少年も、利発そうな顔で口を開く。

「ベルナール叔母《おば》さんは、いいお嫁さんになると思うよ。優しいし、美人だし、ぼく大好き」

「こら、お姉ちゃんでしょ」

「あはは、たしかにおまえから見たらベルナールはオバサンだ。間違ってない」

王族の方々が姦《かしま》しく騒ぐ中、緊張した顔のベルナールは青い宝石のような瞳でじっとライナスの顔を見つめている。

とてもではないが、断れる雰囲気ではない。

追い詰められたライナスは、椅子に座ったままの国王に向かっておずおずと一礼する。

「勅命、謹んでお受けします」

その返事を聞いて、場は爆発する。

「よし、よく言ったライナス。これでおまえは、おれたちの義弟だ。前祝いだ、さぁ飲め」

「ドモス王国を蹴散らしたら盛大な結婚式だぞ」

「男は結婚すると悟りを開く。よき賢者の誕生を期待しよう」

王家の方々から勧められる酒を断らず、ライナスはちょうだいした。

※

王族の方々の玩具となった酒盛りが終わり、気づくとライナスはベルナールの私室に通されていた。

「はぁ……姫様には驚かされます」

国産の杉を使った天鵞絨《ビロード》張りの豪奢な長椅子に腰を下ろし、侍女から手渡された酔い覚ましの水を飲む。

その傍らに腰かけたベルナールは、ライナスの胸元にしなだれかかって見上げてくる。

「わたくしは昔からあなたのことを好きだったのよ。知っているでしょ？」

「……」

返事を保留したライナスは、眼下のベルナールの顔を見下ろす。

玉のように白い肌、けぶるような睫に彩られた大きな目に、宝石のような青い瞳、細く高い鼻筋、花のように赤い唇。どこをとっても非の打ちどころのない美貌《びぼう》から、十年前の生意気盛りの美少女の顔を思い出す。

当時、ライナスは親衛隊士になったばかりで、ベルナールの武芸師範の仕事を任された。

十四歳であったベルナールは、絵にかいたようなお転婆姫で、なにかにつけて側近たちを振り回していたものだ。

手を焼いたライナスは、一度、ベルナールを徹底的に打ち負かしたことがある。

それ以後、明らかにベルナールの態度は変わった。

かなり露骨にアピールされたことを覚えている。

しかし、ライナスは自分のことを王家のための捨て石だと自任し、生涯独身のつもりでいた。まして、姫君の想いに応《こた》えられるはずがない。

その後、ベルナールにはいくつもの縁談が持ち上がっては消え、ようやくセレスト王国との縁談がまとまった。

「でも、お国のために諦めた」

長い睫に彩られた目を細めたベルナールは、左手でライナスの頬を撫でる。

「婚約者が亡くなったのは悲しいけど、十年越しの初恋が実ったんですもの。悪い気分ではないわ。お父様、お兄様、お姉さま、甥っ子にまで応援してもらえて、わたくしは幸せよ」

ライナスの頬を両の繊手で挟んだベルナールは、目を閉じて果実のような唇を近づけてきた。ライナスが逃げずにいると唇が重なる。

「……」

十秒程度唇を合わせたあと、顔を離したベルナールは瞳を開き、双眸《そうぼう》を合わせてくる。

「あなたが国家のために、その命を捧げていることは知っているわ。でも、その信念とわたくしを妻に迎えることは矛盾しないはずよ」

「……」

「あなたがわたくしと結婚して幸せになれるかどうかはわからない。でも、少なくともわたくしは幸せになれる。だって大好きな人と結婚できるんですもの」

ベルナールの宣言に意表を突かれたライナスは、のけぞって笑ってしまった。

「あはは、まったく姫様にはかないませんね」

「そうよ。わたくしはワガママなの」

そう言ってベルナールは、椅子から降りるとライナスの股の間に屈みこんだ。そして、ズボンを下ろしにかかる。

「ちょ、ちょっと姫様!?」

「わたくしはもう子供じゃないのよ」

驚くライナスの抵抗を振り払い、ベルナールはズボンの中から男根を取り出した。

「へぇ〜、これがライナスのおちんちんなんだ。すっごく大きい」

満足げな笑みを浮かべたベルナールは、すでに隆起していた男根の根本を両手で持つと、亀頭《きとう》部に頬擦りをしてくる。

「やっと会えたわね。わたくしはこのおちんちんに会いたくて、十年間も夢見ていたのよ」

「……」

「それにしてもこんなに大きくして。うふふ、知っているのよ。男はやりたい女を前にしたら、おちんちんを大きくするのよね。つまり、こんなに大きくしているということは、わたくしとやりたいということだわ。いままで散々、わたくしのことをコケにしてくれたけど、実はやりたかったということよね」

悪戯《いたずら》っぽく笑ったベルナールは赤い口唇《こうしん》を開き、濡《ぬ》れ光るピンク色の舌を伸ばして、亀頭の裏をペロリと舐《な》めた。

「美味しい♪　これがライナスのおちんちんの味なのね」

絶世の美姫が嬉しそうに男根を舐めまわしている。実に破壊力のある光景であった。たいていの男は見ているだけで昇天してしまうだろう。

ライナスとしても、血潮が湧きたつような気分になった。

(かわいいな。まるでお人形さんのようだ)

武芸師範をしていた時代。ベルナールからの好意を受けて、嬉しくないわけではなかったが、同時に迷惑だと思った。

所詮《しょせん》、結ばれることのない関係である。

幼い姫君の恋など、自らの立場を弁えぬ愚挙。あるいは年ごろの娘特有の麻疹のようなもの。まともに相手にするなどバカバカしい。

しかし、十年の歳月が過ぎて、結ばれることになってしまった。

(俺が結婚ね。それも主君の娘で、こんな美人と)

つい先ほどまで、ライナスは生涯独身で当たり前だと思っていたのだ。

それが恋人ができるとか、そういう段階を吹っ飛ばして、いきなり結婚が確定してしまった。

まったく現実感がない。しかし、美しい姫君に男根を舐められる光景を見ていると、昂《たかぶ》りが止まらない。

(いや、しかし、このまま出してしまうというのは、男として情けなさすぎないか?)

結婚生活は、完全に振り回されることになる。そんな未来しか想像できない。ここは大人の男として、わがまま姫にガツンとわからせてやらないと大変なことになる。

そんな使命感に囚われたライナスは、姫君の唾液で濡れた男根をいきり立てたまま立ち上がり、ベルナールを横抱きに持ち上げた。

「キャッ」

「お望み通り、思いっきり楽しみましょう」

姫様を文字通りお姫様だっこしたライナスは、そのまま天蓋付きの寝台に運ぶ。

真新しいシーツの上に、ベルナールを仰向けに押し倒すと、紫色の胸当てをむしり取り、暗紅色のキャミソールを奪った。

中から仰向けになってもなお重量感のある白い肉の塊が二つぁらわとなる。

大きすぎず小さすぎない。見事な紡錘形を保ったその造形は、まさに美乳と形容するに相応しい。

頂を飾る桃色の乳首は、すでにビンビンにしこりたっていた。いずれも男なら食欲を刺激されずにはいられぬ宝物だ。

そのあまりの美しさに、剣ダコで硬くなった自分の掌で触ることは恐れ多いと感じたライナスは、手の甲で乳首を撫でた。

「あ、そんな……遠慮しないで、もっと思いっきり、触ってちょうだい。わたくしは、そのおっぱいはもうあなたのものなのよ」

「……わかりました」

両の掌を返したライナスは、二つの極上の柔肉を裾野から頂にかけて揉みあげた。

そして、頂点で突起した赤い乳首を口に含む。

「あぁ……」

男の口内で乳首をさらに大きくした姫君は、気持ちよさそうに目を閉じて、喘《あえ》ぎ声を漏らした。

どんなに高貴な姫君であっても、普通に感じるものらしい。

自信を持ったライナスは左右の乳首を交互に吸い、唾液で濡れ輝いた乳首を指で摘まんで扱《しご》きあげつつ、頃合いを見計らって右手を、下半身に下ろした。

紫の見せパン越しに股間を掴《つか》み、ズリズリと前後に擦ってやる。

「あぁ」

当初こそ恥ずかしそうに膝を閉じて、男の手から恥部を守ろうとしたベルナールだが、弄《いじ》られているうちに力が抜けてしまった。だらしない蟹股開きとなって、口唇から涎《よだれ》を垂らす。

「ああ、ダメ……」

美しい姫君が軽く絶頂してしまったのを見て取ったライナスは、愛撫《あいぶ》をやめて、紫色の見せパンを脱がす。中から透かしの入ったセクシーショーツがあらわとなった。

半透明の布地越しに白金の陰毛が透けて見える。明らかに本日、男に見せるために意識して穿《は》いていたのだろう。

その心配りを嬉しく思ったライナスだが、からかってやりたくなって嘲笑《ちょうしょう》する。

「これは……すごい濡れ方ですね。もしかしておしっこ漏らしました？」

「ち、違うわよ。で、でも、やだ。わたくし、なんでこんなに……は、恥ずかしい」

「くっくっく、からかってすいません。いい女は濡れやすいんですよ。姫様がいい女だという証です」

嘯《うそぶ》いたライナスは、ベルナールの細くて長い両足を揃えて天にあげさせると、濡れたセクシーショーツの左右の腰紐に指をかけ、そのまま一気に抜き取った。

ショーツと姫君の股間の間で、長い粘液の糸が引く。

濡れたショーツを、天蓋の外に投げ捨てたライナスは、ベルナールの左右の膝の裏に手を置いて、マングリ返しの姿勢を取らせる。

「ちょ、ちょっと、まって！　こ、こんな姿、恥ずかしい！」

ライナスの眼下に、ベルナールの秘密の花園があらわとなった。

陰毛まで綺麗に梳られているかのように美しい。

濡れた肉裂の下には、窄《すぼ》まったお尻の穴が見えた。

どんなに綺麗なお姫様でも、排泄をするということだろう。

女の秘部を観察されたベルナールは、顔を真っ赤にして叫ぶ。

「いまさらなにを言っているんですか？　わたしたちは夫婦になるんですよ」

「だ、だからこそよ。わたくしは綺麗な姿を見てもらいたいの。お風呂、お風呂に入らせて」

ここまでやる気満々であったベルナールであったが、いざ本番を目前にして、いろいろと恥ずかしくなってきたようである。

「ダメです。もう我慢できません。ベルナール様のすべてを見せていただきます」

暴れる婚約者を押さえつけた男は、左右の親指を肉裂の左右に置き、そして、くぱぁと開いた。

「あ……」

陰核《いんかく》が包皮から半ば飛び出し、膣穴までぽっかりと開いて、湧水のように愛液が噴き出している。

「あ……。そんなにジロジロ見ないで」

すべてを剥《む》かれてしまった強気だったお姫様が、顔を真っ赤にして涙目で口元を押さえる。

「ふっ、姫様はオ◯ンコまで綺麗ですね」

嘯いたライナスは、左右の人差し指で陰核を挟むと、クリクリと左右に捏ねた。

「だ、ダメ、そこを弄られたら、わ、わたくし、わたくし、ああ！」

「おやおや、どうやらベルナール姫は、おひとりでここを弄って楽しんでいたようだ」

「そ、それは……ああ、許して、い、意地悪……」

二十四歳の未婚の姫君だ。自涜の経験もなし、というわけにはいかないだろう。

包皮を完全に剥きあげた陰核を見せつけて、ベルナールを散々に辱めてから、磨き上げられた姫貝の如き女性器に向かって接吻する。そしてライナスは、人肌に温かい女蜜を啜《すす》った。

「あっ、そんな、そんな汚い。の、飲まないで、あっ、あっ……」

手のつけられないお転婆姫も、月の女神も嫉妬しそうな美姫も、こうなってしまったらただの牝である。

ライナスは容赦なく、ベルナールの秘部を隅々まで舐めまわした。

剥き出しとなったクリトリスはもちろん、肉襞《にくひだ》の溝を丁寧になぞり、尿道口を舐め、膣穴に舌を入れて穿《うが》った。

「あ、も、もうダメ……」

必死に抵抗していたベルナールの全身から力が抜けた。

ベルナールが絶頂したことを見て取ったライナスは、乙女の秘部から顔をあげ、口元を手の甲で拭ってから、いきり立つ男根を構えた。

「入れますよ」

「はぁ……はぁ……はぁ……ええ、お願い……」

お姫様としての仮面を完全に剥かれたベルナールは、ただの乙女となって頬を染め、はにかみながら囁《ささや》く。

「ライナスの女にして、ライナスのお嫁さんになりたいの……」

ドキンッ。

いまさらながら胸が高鳴ったライナスはいきり立つ男根を、膣穴の入り口に添えた。

「初めては痛いでしょうから、力を抜くために息をゆっくりと吐いてください」

「ふぅぅぅぅぅ……」

ライナスの顔を見て頷いたベルナールは素直に息を吐いた。そして、息を吐ききる寸前に、ライナスは腰を落とす。

ズボン！

「っ⁉」

入り口の抵抗を突破し、隧道を押し広げながら男根は沈んでいく。

目を閉じたベルナールは必死に、ライナスの背中を抱く。

「……」

全身の筋肉を強張《こわば》らせていたベルナールは、ややあって恐る恐る両目を開いた。

ライナスは優しく語りかける。

「痛いですか？」

「ん、ちょっと……でも、それ以上に、お腹の中が温かくて、幸せな感じ……。ライナスのおちんちんが入っているのね……」

ベルナールの手が、ライナスの手を握ってきた。互いの掌が合わさる。

掌で温もりを感じて安心したのか、ベルナールはにっこりとほほ笑む。

「わ、わたくしは大丈夫だから、ライナスのよいように動いて……」

「いや、無理することはない。初めは痛くて当然なのだから。俺らは夫婦になるのだし、これからいくらでも機会はある」

「いやよ。せっかくライナスと結ばれたんだもん。最後まで楽しみたい」

まったくワガママな姫様だ。と思ったライナスとしても紳士的に振る舞うには限界があった。

「それでは動くけど、痛かったら言うんだよ」

年上の夫として、優しく囁いたライナスは、美しい妻の要望に応えて、腰をさらに押し込む。

「ひぃあ」

ベルナールが頓狂の声をあげたので、ライナスは慌てて腰を止める。

「大丈夫ですか？」

「いま奥に、届いたの。なんと言ったらいいのかしら？　ぶるっときた。初めての感覚でしたわ。す、すごく気持ちよかった……」

「なるほど、姫様はここが好きですか？」

新妻の弱点を教えられたライナスは亀頭で、子宮口をえぐってやる。

「うほっ、な、なにこれ？　すごい。気持ちいい、すごく気持ちいいわ。やだ、こんなに気持ちいいだなんて、予想してなかった。あっ、あっ、あっ、は、恥ずかしい声が止まらない……ああ」

二十四歳という牝盛りのせいだろうか。破瓜《はか》の痛みよりも、牝としての歓びのほうが上回っているようである。

（どうやら大丈夫そうだな）

そう見て取ったライナスは、牡としての欲望に従って腰を上下させた。

正常位。いや、種付けプレスと呼ばれる体勢だ。女を完全に組み敷いてわからせてやる。

「あっ、あっ、あっ、気持ちいい、気持ちいい、ライナスのおちんちんでズコズコされるの、すっごく気持ちいいの」

両手で男の背中を抱いたベルナールは、両目から涙をあふれさせ、口唇から涎を流す牝顔になってしまっていた。

（やば、ベルナール姫がこんな表情を見せるだなんて）

国王の末娘。国民に愛される美姫。彼女のこんな無防備な表情を見たことがあるものなど、存在しない。自分だけが栄誉に浴したのだ。

（これは俺の女だ。俺のおちんちんで気持ちよくしてやる）

男としての独占欲に支配されたライナスは、キュッキュッと締めあげてくる膣洞を掘り散らかすように腰を振るい、そして、滾《たぎ》る欲望を放った。

「あっ、はぁ――――、熱い、熱いものが、入ってくるぅぅぅ！！！」

男に組み敷かれた姫君は、仰向けのまま背を大きく弓なりに逸らして、ビクンビクンと痙攣《けいれん》した。

「ふぅ」

満足したライナスが、男根を引き抜こうとすると、ベルナールに強く抱きしめられた。

「待って！　抜かないで！　もっと繋がっていたいの！」

余韻を楽しみたいという女の要望に応えて、ライナスは射精して萎んだ男根を膣内《ちつない》に入れたままベルナールを抱きしめる。

白金色の頭髪を撫でてやっていると、ベルナールがおずおずと顔をあげてきた。

「いまさらこういうことを聞くのも情けないのだけど……。ライナスはわたくしのこと、愛してくれる？」

「ええ、愛していますよ」

そう答える以外の選択肢はないだろう。

三十男である。いまさら燃え上がるような恋心など持ち合わせていない。

しかし、主君の娘で、美人で、若い相手が、こんなに好意を持ってくれているのだ。

自分にはもったいないと思う。打算的な意味からも、愛する努力を惜しむつもりはなかった。

「嬉しい。わたくしはライナスの子供を産みたい。いっぱい産みたいの。たくさんの子供、たくさんの孫、たくさんのひ孫に囲まれた幸せな家庭を築きましょう」

「ああ、そうだな……」

結婚する気がなかったのだ。当然、自分に子供ができるなどと考えたことがなかった。

まして、孫など想像の埒外《らちがい》だ。

困惑しているライナスに、ベルナールが悪戯っぽく声をかける。

「おちんちん、また大きくなってきたわよ。……わたくし、もう一度やりたいなぁ」

「仕方ありませんね」

かわいい婚約者のご要望に、ライナスは応えて差し上げた。

「あん、あん、あん、あん、ああ、おちんちんで子宮をズンズンと突かれるの気持ちいいぃい。いい、気持ちいい、気持ちいい、気持ちいい。いい、いい、いい、いい、イク、イク、イク、またイっちゃう、イク～～～。ああ、またイク、またイっちゃう、またイカされちゃう。いや、独りでイクのいや、お願い、一緒にイって、なかで出して、中に出されるの好き。ああ、熱い、熱いのきた。ああん、最高に気持ちいいぃいぃい」

何度膣内射精されても、ベルナールは決して男根を抜くことを許さなかった。

ライナスはありとあらゆるテクニックを総動員して、姫君を楽しませる。

男に背面座位で犯され、背後から乳房を揉まれ陰核を弄られて、膣内射精されたベルナールは、美乳を天井に振り上げ、全身を汗にびっしょりと濡らして大きな声で絶頂を遂げたが、それでも満足しない。

「ふぅ～、すごく気持ちよかった。ねぇ、もう一回しよ」

「こらこら、さすがにもう種切れだ」

「え～、もう一回、もう一回だけでいいから、お願い」

初めてのセックスにすっかり溺れているベルナールは、とめどなく求めてくる。

抜かず三発搾り取られた中年男が悲鳴をあげていると、コンコンと扉がノックされ、メイドの申し訳なさそうな声が聞こえてきた。

「姫様、そろそろご準備をしなくては……」

どうやらメイドはタイミングを窺っていたようである。

「え、もう朝なの？」

頓狂の声をあげたベルナールが天蓋を開けると、澄明な朝陽が差し込んできた。

本日は野蛮なる凶賊ドモス軍を薙《な》ぎ払うために、シュルビー王国が出陣式を行う日である。

「戦なんてどうでもいいわ。このままずっとセックスを楽しみましょう」

「そういうわけにはいかないだろう」

意馬心猿の姫君との結合を解いたライナスは、寝台を出た。

「残念。もっともーっと楽しみたかったのに……」

不満の声をあげるベルナールは、うつ伏せとなり美尻をライナスに向けていた。

鏡のような白い肌には朝陽がかかり、窄まった肛門が影もなく晒《さら》されている。

そして、亀裂からは白濁液がダラダラと終わりなく滴り、シーツには失禁したような水たまりが広がっていた。

「続きは帰ってからだ」

すっかり拗《す》ねている婚約者にライナスが慰めの言葉をかけると、ベルナールは飛び上がり、裸のままライナスの胸に飛び込んできた。

「あはっ、嬉しい。帰ってきたらまたいっぱいやりましょうね」

「あ、ああ……」

「約束よ。わたくしが恋に落ちてから十年間我慢した分を取り戻すの。いえ、いっそわたくしも戦場に行こうかしら？　そうすれば戦場でもやりまくれるわよね」

さも名案が浮かんだと言いたげに喜ぶ婚約者を、ライナスは必死になだめる。

「キミにもしものことがあっては大変だ。頼むからここで朗報を待っていてくれ」

「もう、仕方ないわね。でもかわいい新妻としては、愛しい旦那様の指示に逆らえないわ。早く帰ってきてね」

再会の約束を込めたキスをして、ライナスは婚約者の部屋から出た。

※

（参った。一睡もさせてもらえなかった……）

軍事は国の大事である。

シュルビー王国軍はドモス王国軍迎撃のために出陣式を盛大に行った。

国王の出陣であり、当然、親衛隊長のライナスも随伴する。

（いやはや、ベルナール姫があんな好き者だったとは……十代の小僧じゃないんだから、三十男に抜かず三発とかきついわ）

そうは言っても、若く美人でエッチ大好きなお姫様を嫌いな男はいないだろう。

（まったく困ったもんだ）

などと慨嘆しながらもにやけているライナスの背中に、女の冷めた声が浴びせられた。

「叔父上、ベルナール姫と結婚されるそうですね。おめでとうございます」

振り返ると青い炎のような髪をした女がいた。

年のころは二十歳前後。

両目を軽く閉じているかのような表情で、知的な顔立ちに化粧がばっちり決まって、年不相応な、しっとりとした大人の色香を纏っている。

両肩や背中が大胆に開いたバトルドレスを着ているが、むろん、素肌に見える部分には魔法障壁を纏っているため、そう簡単に柔肌に傷をつけることはできない。

「リュミシャスか、耳が早いな」

シュルビー王国軍の一翼を担う女将軍で、ライナスの兄の娘だ。母親は国王ライスレーンの姪にあたる。

女の身、それもこの年齢で一軍の将を任されるのは、血縁だけではなく、才能を認められてのことだ。

両手にはそれぞれ鉄鞭を持っている。鉄鞭という武器は、鉄の棒だ。刃のない武器である。

戦場において、兵士は重厚な鎧《よろい》や、魔法で身を固めている場合がほとんどだ。

そのような敵を刃を持った武器で攻撃しようとしたとき、鎧の関節部などに斬りつけないと、ほとんど効果はない。

またどんなに切れる刃でも、血糊《のり》が付着すれば切れ味は落ちてしまう。

これに対して、この鉄鞭という武器は、鎧の上からぶん殴る鈍器である。初めから刃がないのだから、殺傷能力が落ちることはない。

しかも、このリュミシャスの鉄鞭は、蛇腹剣のように分解して鞭のように使用することもできる。

こんな危険な武器を、両手に持って振り回すのだ。シュルビー王国でもっとも危険な女と称して過言ではないだろう。

「叔父上は、生涯結婚しないなどと恰好いいことを言っておられましたのに、言行不一致ですわね」

「いや、勅命で断りきれなかったんだよ」

昨晩からの怒涛《どとう》の展開で考えていなかったが、分家のライナスが国王の娘を妻にするということは、本家としては面白くないことだろう。

「なにを怯《おび》えているのですか？　めでたいことではないですか」

「そ、そうだよな。おまえからも兄上によろしくとりなしてくれ」

迎えることになった若い妻よりも、さらに若い姪の悠揚迫らざる雰囲気に圧倒されて、ライナスはぎこちなく頷く。

「ふふ、なにを言われますやら、叔父の結婚は一族の誉ですよ。それではご武運を」

「ああ、おまえに才があることは承知しているが、功にはやるなよ。嫁入り前の娘なんだから、柔肌に傷なんてついたら兄上が泣くぞ」

「お気遣いありがとうございます。では、失礼します」

丁寧にお辞儀をして去っていく女将軍の背を、ライナスは頭を掻きながら見送る。

（二十歳そこそこであの風格。昔は、もう少しかわいげがあったんだがなぁ。あれじゃ、

いくら美人でも男が寄り付かないだろう）

地位も金もある、仕事のできる威圧感を持った美人である。ある意味で男がもっとも敬遠するタイプかもしれない。

いずれにせよ、姪っ子の恋愛感にとやかく口出しするのは余計なお世話というものだろう。

「全軍、出陣」

城下の大通りに集まった三千もの軍勢を前に、国王ライスレーンは軍配を振るった。

それを受けて、シュルビー王国軍は堂々と王都を出撃する。

王城からは留守を任された王太孫、そしてベルナールなどが見送っていた。

（うわ、昨晩、あんなにやったのに元気いっぱいだな。俺、あんな若い奥さんもらって大丈夫か？）

ライナスはいささか背筋に冷たいものを感じた。

沿道にも大勢の住民が出て、盛大に激励してくれる。

『単眼の巨人神』神殿の方々も総出で見送りに来てくれたようだ。

『輝く胸甲に包まれた熱き使命、手に持つは天を割く剣、いざ誉のために足を踏み出せ』

聖歌隊の人々が、軍歌を歌って見送ってくれる。

白い見習いシスターの衣装を着た、水色の髪のやせっぽちな少女の姿もあった。

（あの子が好きな歌を、好きなだけ歌えるようにするためにも戦に勝って帰らないとな）

ライナスは決意も新たに、敬愛する主君の傍らで馬を進めた。

※

「ドモス軍は五千ほどと見受けられます」

シュルビー王国軍は、当初の予定通り国境付近にてドモス王国軍と対峙した。

「自慢の騎馬隊と飛龍隊がいかほどのものかな」

ドモス国王ロレントは、若いゆえに烈気と過剰な自信に満ちている。結果は出しているのだ。自惚れるだけの武勇を持った勇者ではあるのだろう。

おそらく、その軍隊は先代のときよりも強い。

しかし、シュルビー王国とドモス王国は隣国である。歴史的に何度も干戈《かんか》を交えてきた。

よって手の内はわかっている。

シュルビー王国の将軍たちは、血気にはやったドモス国王ロレントを誘い出し、伏兵で殲滅《せんめつ》させる作戦を立てた。

戦が終われば、国王の婿となり、国家の重鎮としての道を歩むことが決まったライナスであったが、いまのところは一介の親衛隊長だ。

作戦立案には一切かかわらなかった。

まずは先鋒同士がぶつかり、シュルビー王国軍の第一陣は、鎧袖一触で蹴散らされる。

「早い。いくら敵を釣りだす囮だとはいえ、あまりにも脆いと敵に警戒されるぞ」

ふがいない味方に、国王の傍らにあった第二王子が懸念の声をあげる。

しかし、杞憂だったようだ。ドモス軍は全力で突き進んでくる。

「ドモス軍の先頭に黄金の竜の旗印を確認。ロレントがいます」

「国王自ら陣頭だと！　本当に猪だな」

噂通りの猪武者ぶりに、シュルビー王国軍の本営では呆《あき》れの声が出る。

「では、この一戦で終わりだ。所詮は草原の生まれ、山岳戦を知らぬとみえる」

シュルビー王国軍の作戦通り、ドモス軍の鋭鋒を受け止めて、背後から伏兵で殲滅する。

その機会を窺っていたときだ。

「飛龍軍団が来ます」

「弓箭隊、用意しろ」

「いや、飛龍軍団、こちらに来ません」

「どこに向かっている。森、あれは伏兵部隊が潜んでいる場所だ」

シュルビー王国軍の伏兵部隊の頭上から、ドモス軍の飛龍軍団は火をかけた。

「伏兵を見破られた⁉」

衝撃を受けるシュルビー王国軍の本営にあって、国王ライスレーンが一喝した。

「武器を取れ、敵は目の前ぞ」

「敵の本隊、突っ込んできます」

シュルビー王国軍の国王がいる本体と、ドモス王国軍の国王が陣頭に立つ部隊が真正面からぶつかった。

（なんだこいつは⁉）

ライナスは、国王の親衛隊長を務め、国王の娘婿に選ばれたほどである。

国内屈指の勇者であると自惚れてもいいだろう。その彼の目で見ても、ドモス国王ロレントの武勇は尋常ではなかった。

馬上から振るわれる剣によって、柵が打ち砕かれ、鎧武者が火であぶったチーズのように切り裂かれる。

「槍衾《やり》を敷け！　敵の馬の足を止めろ」

親衛隊長たるライナスが指示を出さねばならないほどの大混戦となった。

必死に奮闘しているところに、さらに思いがけない連絡が入る。

「リュミシャス将軍、撤退を開始しました」

「なに⁉　裏崩れというやつか」

後方にいると前線の戦況がわかってしまう。そのため怖気づいた兵士から逃げ出してしまう。これを裏崩れという。戦場ではよくあることだ。

（しかし、あのリュミシャスの部隊が）

冷静沈着であった姪っ子の顔を思い出し、ライナスは不可解な気分になった。

しかし、詮索をしている時間はない。裏崩れがでた以上、戦線を立て直すことは不可能だ。ライナスは主君に叫ぶ。

「陛下、ここは俺が殿《しんがり》を務めます。陛下は撤退してください」

「ライナス」

未練がましい顔をする親代わりの人に向かって、ライナスは笑う。

「大丈夫。じゃじゃ馬姫には結婚前の夫を亡くすような悲劇に二度も遭わせません。ボルク、陛下の御供をせよ」

「承知」

主君の撤退を背に、ライナスは鬼神に向かって馬を駆る。

「シュルビー王国軍が国王ライスレーンの親衛隊長ライナス、ドモス国王ロレントの首級ちょうだいする！」

「雑魚《ざこ》が吠えるな！」

黒馬に跨《また》がった魔王の大剣が唸りをあげて襲い掛かり、ライナスは太刀ごと両断されて、馬から落ちる。

「シュルビー王国軍の老害を逃がすな！」

馬蹄に蹴散らされつつ、ライナスの意識は暗転した。

※

「う、ここは……」

気づくとライナスは死体の山の中にいた。

死んだと思ったが、どうやら気絶しただけだったようだ。

空はすでに夜であり、満天の星だった。

耳朶には苦痛に呻《うめ》く声がしゅうしゅうと聞こえてくる。

身を起こすと、あたり一面は死体と負傷者だらけ。地獄絵図の世界であったが、どうやら現世であるようだ。

ライナス自身も結構な深手を受けていたが、自ら魔法治療をして応急手当をする。

どうやらドモス軍は掃討戦をしないで、戦場を去ったようだ。

なんとか一息ついたところで、西の空が異様に明るいことに気づく。

「あれは王都の方角⁉」

愕然《がくぜん》としたライナスは、死体と怪我人が埋め尽くす白骨街道を歩いて故郷を目指す。

(王都での攻防戦中か。早く参加しなくては……)

満身の力を絞りなんとか王都にたどり着いたとき、そこは火の海であった。

そして、門前に高々と掲げられた老人の首に、ライナスは見覚えがあった。

「陛下……ライスレーン陛下……」

王城はすでに焼け落ちていたのだ。

「っ⁉　そうだ。ベルナール」

婚約者の安否を気遣ったライナスは、王宮に向かった。

しかし、そここそ破壊と略奪の中心地だったのだろう。壮麗であった宮殿は焼き尽くされ、業火に包まれている。

このような有様では、建物の中で生きているものはいないだろう。当然、ベルナールの生存も絶望的だ。

王宮に飛び込むことを断念したライナスは、振り返る。

夜の街が、煌々《こうこう》と燃えていた。

「ちょっとまて、王都デネブには三万人近い人が生活していたんだぞ」

炎と死体に塗《まみ》れた出来立ての廃墟を、ライナスは亡者のように歩く。

ドモス軍は山賊と同じである。すべてを奪う。当然、女も犯される。

あまりにも酷《ひど》い光景に現実感がない。まるで悪夢の中を歩いているようだ。

(終わった……。なにもかも終わった……)

ライナスは生まれたときから、シュルビー王国のために死ぬことを運命づけられた存在である。

それなのに国が滅んで、自分だけが生きているなどという状態を想像したことがなかった。

よってライナスは、思考するのをやめた。

ドモス軍の姿を探して歩く。だれでもいい。とにかく殺す。殺して殺して殺しまくる。

自分の命が尽きるその瞬間まで、敵を殺す。

『るーるりー、るーるりー、るーるるるー……』

生きる屍となった男の耳に、スキャットが聞こえてきた。

『さぁ、眠りなさい。穢《けが》れた現実は、清らかな夢に変わる。輪廻の歯車は永久に回るのだから』

廃墟に流れる鎮魂歌。

驚いて視線を向けると、略奪の限りを尽くされて炎上した神殿を背に、やせっぽちな少女が独り歌っていた。

「ああ……」

よく生きていた。こんな無力な少女が、地獄の底でよく生きていたものだ。

すべての感情を失っていた男が、小柄な少女に縋って泣いた。

第二章　旅立ちの歌

『るーりら～、るーるり～、るーららら～～～』

　インフェルミナ王国の地方都市ブルアリ。葡萄畑の連なるのどかな田園風景の中にある広場にて、水色の髪の少女は情感いっぱいに歌っていた。

　ライナスは後ろで笛を吹いている。

　物珍しげに集まってきた観客は二十人ほど。大半は葡萄畑で働いている農家のオジサンオバサンたちだが、中には身なりのいい者も混じっている。

　歌の良し悪しがわかるというより、かわいい少女が一生懸命に謡っている姿を見るだけで癒されているようだ。

（このあたりは比較的裕福な地域らしいな）

　生まれも育ちもシュルビー王国のライナスにとって、外国に出たのはほとんど初めてである。

　初めて見る地域の人々が物珍しい。

（やっぱりいいな、この子の歌声は）

天性の声だけでなく、音楽に対する勘どころのよさがあるのだろう。聞くものを引きつける魅力がある。

故郷を喪失したライナスは、『単眼の巨人神』の神殿で聖歌隊をやっていた少女を一人連れて、逃亡した。

いかに極悪非道なドモス軍といえども、シュルビー王国内の都市、村、集落のすべてを破壊し尽くすなどということはしないだろう。そんなことをしたのでは征服する意味がない。王都破壊を見せしめとし、諸侯には投降を促すはずだ。

よって、近くの『単眼の巨人神』の神殿にエイミーを預けようと思ったのだが、彼女自身が、修道尼になることを嫌った。

「わたし、歌手になりたい。だから、修道院には行きません」

「君が歌が好きなのは知っている。聖歌隊で歌い続ければいいだろう」

「聖歌隊では歌える曲は決まっている。わたし、もっといろんな曲を歌いたい。みんなに喜んでもらえる歌を歌いたいの」

修道院という閉じた世界で生きていた少女が、外の世界に憧れるのはわかる。

あるいは、目の前で多くの人々が亡くなる光景を見て、彼女なりに思うところができたのだろうか。

しかし、孤児であり、人生経験も、なんの後ろ盾もない彼女が世間の荒波に揉まれながら独りで生きていけるとはとても思えなかった。

よくて場末の酒場の歌手。そこから娼婦に転落して、病気をもらって野垂れ死ぬ。そんなろくでもない未来が、ライナスには容易《ようい》に想像できてしまった。

（だれかが守ってやらないと……）

幸か不幸か、守ってやれる人物はいた。すなわち、自分である。

生まれたときから、シュルビー王国の騎士として生きることを宿命づけられていたライナスは、祖国が滅びたいま生きる目標を喪失していた。

（いまさら祖国に殉じて無駄死にするよりは、いっそこの子の夢を応援してやるのも一つの生き方か……）

乗りかかった船だ。この子が独りで生きていけるくらいの道筋をつけてやろう。

そんな気分で提案してみた。

「歌舞音曲をやるなら、歴史あるラルフィント王国だ。行ってみるか？」

「うん」

歌手になりたいという夢はあっても、そのための道筋をまったく知らぬエイミーは、素直にライナスの提案を受け入れた。

かくして、落ち武者狩りの目を逃れたライナスは、少女を連れて故郷を脱出する。

まず目指したのは南のクラナリア王国だ。この周辺ではもっとも大きな国であり、四方に街道が通じている。ドモス軍の次なる目標になるだろう。

その王都カーリングにて、ライナスは持っていた武具を売った。国王直属の親衛隊長が所持していた武器である。結構な業物として、いい値段がついた。

こうして、当面の旅費を確保したライナスは、東にあるという超大国ラルフィント王国を目指す。

道中、エイミーの武者修行と、日々の生活費を得るために、食堂や広場で歌わせてもらう。

酒場などでは、売り上げの半分を提供する契約で、公演をさせてもらった。

しかし、いまは昼間であり、公共の広場であったから、自由に使っていいと思っていたのだが……。

「おいおい、だれに断って仕事しているんだ」

安っぽい怒声が割って入った。

エイミーの歌声には、独特の世界観というか威圧感がある。そのため、歌声が流れているときに声を荒らげることができるのは大した胆力だ。

ざっと六人ほどの育ちの悪そうな青年が乱入してきた。

驚いたエイミーは歌うのをやめようとしたが、ライナスは続けるように促す。

（うむ、穏やかな町に見えたのだが、どこにでもこの手のやつはいるんだな）

ショバ代を取りに来たのだろう。一日か二日公演したら次の町に行くつもりであったから、顔役に仁義を通さなかった。

（穏便に済ますために多少の金を払うぐらいは仕方ないのか）

法外な値段を請求されたら決裂だ。町のチンピラ程度に負けるつもりはない。

覚悟を決めたライナスが交渉に乗り出そうとしたとき、観客の中から声があがった。

「やめなよ。みんなかわいい天使ちゃんの歌声を楽しんでいるんだからさ」

黄金の頭髪をした女だった。

小柄な体を、革の胴着で包み、肩から肘までの二の腕や、太腿《ふともも》を大胆に晒した女傭兵風の装いである。

いかにも俊敏そうな戦士だが、顔は童顔だ。

そのため年のころは少し判別が難しい。十代半ば過ぎの小娘といったところか。

「あん、なんだてめぇ、関係ないやつはすっこんでな」

町の青年は、女傭兵に向かって顔を近づける。

「論外。あたしは面食いなのよ。あたしを口説くなら、面を洗って、歯を磨いて出直しな」

「なんだと！」

「とはいえ、その汚い面なら、いくらぶん殴っても罪悪感を覚えなくていいよね」

激高する青年の顔を、陽気に宣言した女傭兵は右手でぶん殴った。

「なにしやがる。このアマ」

「やりやがったな」

「ひゃっほぉ」

襲い掛かる大男たちに、奇声をあげた金髪の女戦士は大立ち回りを演じる。

六対一。しかも、男と女であるのに、まるで子供と大人のように危なげなくあしらわれる。

（いやはや、強いな。まるで小狼だ）

ライナスも感心してしまう動きだ。

単に腕っぷしが強いだけではなかった。動きが小気味いい。見ていて楽しくなるような動きだ。

『タラッタ、タラッタ、タラッラ』

エイミーが軽快に謡い始めた。

その掛け声に合わせて、女傭兵は男たちをぶん殴り、股間を蹴り上げ、投げ飛ばす。

さながら女戦士が殺陣を演じ、エイミーが伴奏をつける活劇舞台になってしまったようだ。

おかげで、観客まで楽しげに手拍子を始めた。

「お、覚えてろっ」

散々にタコ殴りにされた男たちは、真っ赤に腫れあがった顔で、涙目になり、裏返った涙声で捨て台詞を残し、会場から逃げていってしまった。

「はい、おしまい」

パンパンと手を叩いて、女傭兵は勝利を宣言する。

思わず観客たちは、拍手をして勇姿を称えた。

「邪魔してごめ～ん、続けて続けて」

陽気な女傭兵の言葉に従って、エイミーは公演を再開。

『朝露に濡れた葡萄は、乙女の頬の柔らかさ～』

地域に根差した、童謡の『葡萄の歌』を歌い、公演を締める。

観衆が拍手をしてくれ、ライナスが進み出て声をあげる。

「トラブルなどがありましたが、最後までご清聴ありがとうございました。この娘エイミーは『単眼の巨人神』神殿の聖歌隊におりました。これからラルフィント王国に歌の勉強に行きたいと申しております。つきましてはお気持ちのほどをいただけると幸いです」

それを受けて退出していく皆さんは、気持ち程度のお金を置いていってくれる。

「かわいいね」

「頑張るんだよ」

みな孫でも見るかのようにエイミーに励ましの声をかけてくれた。

一人ひとりの金額は決して多くはないが、二十人もいればそこそこの稼ぎにはなる。

不意に金貨一枚が投じられた。

投げ銭の主は、瑠璃色の古風なドレスを着て、お洒落な帽子から紫色の波打つ髪をこぼれさせる二十歳前後の貴婦人だった。乳幼児と思《おぼ》しき子供を抱いた侍女を従えている。

「えっ、ちょっと、これはいくらなんでも多すぎます」

入れ間違いかと思ってライナスは呼び止めてしまった。

「いいのよ。この子の情操教育にいい曲だったわ。それに迷惑料も込みよ。もらっておきなさい」

「はぁ……、ありがとうございます」

生活に困っていなそうな貴婦人であるし、くれるというのなら断る道理もないだろう。

戸惑いながらも見送る。

もう少しお礼を言いたいところであったが、ついで先ほどの女傭兵がやってきて、銅貨を一枚入れて退出していこうとしたので、ライナスは慌てて呼び止める。

「さっきはありがとうな。助かったよ」

「ありがとうございます」

エイミーはどこか浮世離れした表情でお礼を言う。

「いいっていいってあれぐらい」

照れくさそうに恐縮する女傭兵に、ライナスは提案する。

「たいしたお礼はできないが、夕食ぐらい一緒にどうだ？　御馳走《ちそう》させてくれ」

「お、いいね。お呼ばれしちゃおう。かわいい天使ちゃんとお友達になりたいしね」

こうしてライナスとエイミー、そして、名も知らぬ女傭兵は、近くの食堂兼宿屋に出向く。

三人は一つのテーブルについた。

「それじゃ改めて自己紹介させてもらうと、俺はライナス、こちらは娘のエイミーだ」

「へぇ～、あんたたち親子なんだ。ずいぶんと若いお父さんだね」

女は興味深そうに、ライナスとエイミーを等分に見る。

旅の間、二人の関係性を聞かれたとき、一々説明するのも面倒なので、「親子ということにしよう」と予《あらかじ》め取り決めていたのだ。

「あたしはミリアだよ」

「いやー、お強い。女戦士ってことは水晶宮か？」

傭兵のような荒事は、どうしても男のほうが有利だ。

不利な立場に立たされる女傭兵は、『水晶宮』と呼ばれるギルドに所属している場合が多い。

「いや、あたしは武芸者。花流星翔剣だよ」

「ああ、それは失礼。女剣士のための流派だとして有名なところだな」

「そう。あたしはそこの免許皆伝」

ミリアは得意げに胸を張る。

「それはすごい」

感心してみせるライナスに、ミリアは肩を竦める。

「とはいえ、あたしが手を出さないでも、あんたがなんとかしちゃっただろうけどね」

「？」

「あんた強いでしょ。歩き方とか、目の動かし方とか、呼吸の仕方とか、只者じゃないし」

覗き込まれて思わず真顔になるライナスに、ミリアは笑顔で手を横に振るう。

「ああ、別に詮索とかしないから安心して。そんなことよりエイミーちゃんかわいいよね。まさに天使ちゃん。ラルフィント王国に歌の勉強に行くんだっけ？」

「そう。こいつがどうしても歌手になりたいと言い張って聞かないんだ」

「たしかにラルフィント王国は歌とか舞とか盛んみたいだよね。実はあたし、ラルフィント王国出身なのよ。とはいっても、ラルフィント王国って滅茶苦茶広いし、ど田舎《いなか》出身だから、そういうしゃれたものとは無縁なんだけど……。でも、ラルフィント王国でもエイミーちゃんほどの歌手ってそういないと思うよ。なによりこのかわいさは反則」

ミリアは、エイミーに抱き着き、頬擦りをする。

「あ、ありがとうございます」

神殿育ちのエイミーにとって、出会ったことのない人種なのだろう。困惑している。

とはいえ、このミリアという娘がいるだけで、場は一気に明るくなった。

ライナスとエイミーの二人だけでいるとどうしても暗くなる。その意味で、この陽気な女傭兵のおかげで、久しぶりに楽しいお食事会となった。

「今日はありがとう。一食、浮いちゃった、ラッキー」

「こちらこそ楽しかったよ」

ライナスとエイミーとミリアは、そのまま酒場の二階にある宿を利用することにした。

結構いい宿であり、お値段もそれなりにした。

チェックインするとき、エイミーが提案する。

「宿代がもったいないですし、わたしたちは同じ部屋でいいでしょう」

「しかし」

若い娘との同室ということに、ライナスはいささか躊躇《ためら》いを感じる。

「わたしたちは親子なんですから、不自然ではありません」

「そ、そうだな」

ライナスとエイミーは同じ部屋。すぐ隣がミリアの部屋となった。

「それじゃごちそうさま」

「おやすみなさい」

陽気な女傭兵と部屋の前で別れた。

※

「ふぅ、いいお風呂……」

そこそこいい宿なだけあって、部屋には備え付けの風呂場があった。

魔法で暖かいシャワーも出る。

久しぶりの湯にゆっくりと浸ったエイミーが、胸元にバスタオル一枚を巻いただけの姿で、マフラータオルで水色の頭髪を拭いながら出てきた。

「っ⁉」

細い二の腕の下のつるつるの腋を見て、ライナスは一瞬、ドキリとした。

（い、いや、ガキ相手になにを意識しているんだ、俺は）

腋毛が生えてないということは、おそらく陰毛も生えていないだろう。

そんな小娘を相手に動揺した自分を叱咤したライナスは、努めて平静さを装い、改めて視線を向けた。

湯上がりということで、白かった肌が桃色に火照っている。

バスタオルの裾野から細い太腿がかなり上の部分まで覗き、胸元には一丁前に谷間ができていた。

（鶏ガラみたいな体しているくせに、おっぱいがまったくないというわけではないのね）

視線のやり場に困るライナスの前で、バスタオル一枚のエイミーは寝台の端に腰を下ろした。

そして、前かがみになったかと思うと、両手に持った白いパンティを広げて、二つの穴にそれぞれ細い足首を入れる。

「うんしょ」

かわいらしい掛け声とともにパンティを引き上げる。両手がバスタオルの中に入り、裾が捲れる。

女の大事な部分が一瞬、覗きそうになったが、白いパンティで隠れた。

「おい、男の前でパンツを穿くな」

動揺したライナスは思わず警告してしまった。

「？」

きょとんとしたエイミーは、おずおずと口応えをする。

「男の人の前でパンツを穿いてはいけないんですか？　知りませんでした。でも、パンツを穿かないで生活するというのは、なんというか、風邪をひいてしまいそうで……」

「いや、穿くなというのはそういう意味ではなくて、ああ、もういい、好きにしろ！」

説明するのが面倒になったライナスは、肩を落として妥協した。

そんな保護者を、エイミーは困惑した顔で見ている。

（悪かったな。こっちは汚い大人なんだよ）

穢れを知らない少女の扱いに、ライナスは頭を抱える。

（年ごろの娘との共同生活ってこんなに心臓に悪いものだったか）

エイミーは、さらに宿がサービスとして置いてくれている寝間着――バスローブのようなものを羽織った。

ライナスは慌てて背を向ける。

「……」

衣擦れの音が淡々と聞こえてくる。いたたまれなくなったライナスは口を開く。

「おまえは、手も足もどこもかしこも細すぎだ。歌手ってのは体力勝負だぞ。毎朝、ジョギングをしたらどうだ」

「はい。やってみます」

素直な言葉が返ってきて、着替え終わったところを察したライナスが振り向く。

バスローブに腰帯を巻いたエイミーは、ちょこんと寝台の端に腰を下ろしていた。

エイミーはじっともの言いたげにライナスのほうを見ている。

(いや、俺にどうしろっていうんだ)

寝るにはまだ早い時間ということで、ライナスは明日の旅の準備をし、エイミーは寝台に腰を下ろしたまま楽譜を読み始めた。

カーリングでライナスが買い与えてやったものだ。昼間、エイミーが歌っていた童謡『葡萄の歌』もこの中に入っていた。

（それにしても場がもたねぇ）

若い娘と二人っきりの空間に、ライナスがなんともいたたまれないものを感じていると、それを救うかのように部屋の扉が軽快にノックされた。

コンコン

「は〜い」

逃げるようにしてライナスが扉を開けると、そこには酒瓶を掲げたミリアの姿があった。

「ちーす、ブルアリ産の貴腐ワインってすっごく美味しいらしいよ。ここからは大人の時間ってことであたしの部屋で一緒に飲まない」

ミリアも風呂上がりのようで、エイミーと同じアメニティのローブ姿だ。

ローブの中から健康的な胸の膨らみがこぼれ出そうである。

「大人っておまえ、年齢はいくつなんだよ」

「二十歳だよ」

「本当か？　……まぁいいや」

男が三十歳を超えると、若い女の年齢がわからなくなる。

ミリアは成熟した健康的な肢体《したい》をしているが、童顔だ。二十歳と言われれば、そう見えなくもないが、エイミーとそう変わらない十代半ばの思春期真っ盛りの小娘にも見える。

とはいえ、穢れを知らぬエイミーと同じ部屋にいることに耐えられなかったライナスは乗ることにした。

「エイミー、ちょっと行ってくる。おまえは寝ていろ」

歌うという行為は意外と体力を使うものだ。睡眠はたっぷり取るにしくはない。

「……うん」

寝台に腰かけて楽譜を読んでいた人形のような少女は、こくりと頷く。

※

隣のミリアの部屋に入ったライナスは、窓際にあった小さなテーブルを挟んで、向かい合わせの椅子に座ると、ワインボトルのコルクを抜き、琥珀《こはく》色の液体をワイングラスに注ぐ。

「いただきま～す」

手に取ったミリアは、一気に呷《あお》る。

「甘、すごい甘い」

「そりゃ、貴腐ワインだからな」

まるでジュースのようにワインをがぶ飲みする娘を前に、ライナスは芳醇《ほうじゅん》な香りを楽しんでから口に含む。

驚くような甘さが口内に広がった。

「へぇ、貴腐ワインって甘いんだ。よく知っているね。さすが年の功」

「言ってろ」

吐き捨てるライナスを前に、手酌で二杯目を注ぎながらミリアは遠い目をする。

「これならイレーネ姐も喜んで飲みそうだな。お土産に一本買っていってあげようかな」

「花流星翔剣のイレーネか、聞いたことがあるな」

「あ、やっぱ知ってる？　女剣聖とか呼ばれているだけあって、滅茶苦茶強いんだよね。あたし、一本も取ったことがない。でも、弱点があるんだよ。知りたい？　ねぇ、知りたい？」

ただでさえハイテンションだった女は、酒が入ってさらに煩くなったようだ。

「それはぜひご教授願いたいな」

「実はイレーネ姐、甘いお菓子が大好物でさ。お菓子を食べるときの蕩《とろ》けきった顔っていったらもう、普段の凛々《りり》しさが台無し。だから、この甘～いお酒を持っていったら、どうなることか、あはは、想像するとたまらな～い」

アメニティのバスローブ姿のミリアは、椅子の上で胡坐《あぐら》をかき、剥き出しの太腿を叩きながら大笑いする。

おかげで、ライナスの視界から緑色のパンティが丸見えだ。

（こいつ、完全に酔っているな。つーか、男を部屋に入れる意味をわかっているのか？）

一般的に独り住まいの女が、男を部屋に入れたら、それはやらせてやる、という合図と同じである。

（俺にその気がないからいいものの。若い男なら、部屋に入った瞬間に押し倒しているぞ）

内心で溜息をつくライナスの前で、パンツ丸出しの女は、唐突に話題を変える。

「そういえば、さっき会場にさ、大きな帽子をかぶって、赤ん坊を抱かせた侍女を従えた偉そうな女の人いたでしょ？」

「ああ、いたな」

思いがけない大金を払ってもらったのだ。忘れるはずがない。

「あれが例の毒婦らしいよ」

「毒婦？」

穏やかではない呼称である。

「あれ、知らない？　ブルアリ領主フリューネといえばいま話題の人でしょ」

ミリアの話すところによれば、このフリューネという女性は、もともとはワイン商人の娘であったらしい。

それがここブルアリ領主に見初められて、領主婦人となった。

そして、一人娘に恵まれたところで、この夫が死亡。その後、彼女が領主の座を継いだ。

その出世劇を妬んでか、夫を毒殺したとか、領主の座を継ぐために、インフェルミナ国王の褥《はべ》に侍ったとか噂されている。

「それはまた凄《すさ》まじいな」

とはいえ、侍女一人を従えて領内を平気で歩けるぐらいには、領民との信頼関係を構築している。

「まぁ、そう悪い人にも思えなかったけどな」

先ほど迷惑料と言ったのは、自分の領内であのような荒くれものを放置したことについてであったか。

いや違うか。あのやくざ者。みかじめ料欲しさのやくざ者ではなく、狭量な愛国心にかられて、フリューネを脅しに来たならず者だったのだろう。

「あの人、すごい気取った感じの美人だったじゃん。あれでベッドの中ではすごいのかな？」

「そういう下世話なことを言うのはやめろ」

思いがけない大金をもらった恩義もあって、ライナスはグラスを口に運びながらたしなめる。

ほとんど一人でボトルを空けたミリアはさすがに酔っぱらったのか、トロンとした眼差しですり寄ってきた。

「ねぇ、エッチしない」

「はぁ？　唐突になに言っているんだ、おまえ」

「旅の恥はかき捨て。人生は一期一会だよ」

椅子に座ったままアメニティのバスローブの腰帯を外したミリアは、胸元をバンと左右に開いた。

ブルンと勢いのある双乳が前方に飛び出す。

大きい肉まんのようだが、若々しくて張りがすごい。

乳暈《にゅううん》は半透明のピンク色をしていて、ぷっくり盛り上がり、乳首はもう少し色が濃くて、ツンと野イチゴのように飛び出している。

「……」

絶句するライナスを前に、バスローブを脱ぎ捨てたミリアは、今度は両足をあげて両手の親指をパンティの左右の腰紐にかけると、スルスルと引き抜いてしまった。

股間にはポヤンとした陰毛が茂る。成人女性にしては薄い。

（やっぱこいつ若いんじゃね）

自称二十歳の女だが、その体を見ていると思春期真っ盛りの小娘に見える。

「うふふ……」

素っ裸になったミリアは男の視線を楽しむような表情で舌なめずりをすると、猫のように四つん這いになってテーブルを越え、ライナスの膝の上に乗ってきた。

「やもめぐらしなんだし、いいだろ。楽しもうよ」

「いや、しかし」

魅力的な少女だとは思う。しかし、今日知り合ったばかりの女とそういう関係になるのは、男としてどうかと思う。

必死にやせ我慢する男の腰を跨いで膝立ちになったミリアは、大きな乳房を刃物のようにライナスの鼻先に突き付ける。

「それとも、あたしの体ってそんなに魅力ない？」

「いや、結構、いいもの持っていると思うぞ」

「えへへ、ありがとう。ほら、おっぱい吸って」

満足げなドヤ顔を浮かべたミリアは、ライナスの口元に乳首を押し付けてくる。

（まったく最近の若い娘は……）

溜息をついたライナスは目の前の乳房を掴んだ。

「わかった。俺でいいなら相手をしてやる」

「やったー」

歓声をあげる少女の乳房を揉みながら、その頂を飾る野イチゴの如き乳首を吸う。

「あん」

ライナスの頭を抱いたミリアは気持ちよさそうにのけぞって喘ぐ。

「大人の男をからかうとどういう目に遭うか教えてやるよ」

「よ・ろ・し・く。実はさ、あたしこの間、ちょっとひどい目に遭っちゃったんだよね。その記憶を消したいというか、上書きしたいんだよ。だから、経験豊富な大人の男として、本当の男の楽しみ方ってやつを教えてぇ」

さらっと重たいことを言うミリアの言葉をどこまで信じていいかわからないが、とりあえず思いっきり楽しませてやりたいとは思う。

(こういう女は、嫌いではないな)

ミリアの体は、温室の花のようであったベルナールとは、まったく別物だ。例えて言えば、野生の鶏のようだ。

若く健康的で脂が乗っている。丈夫な骨にぷりっぷりの肉感がついていて、照り焼きにしたら美味しい肉汁がたっぷりと滴り落ちるだろう肉体だ。

野趣あふれる触感。がっつりとした食べ応えだ。

(このおっぱいなんて、脂が乗り切っていて、シャワーを浴びたあと、タオルで拭かなくとも、軽く身震いするだけで水を弾き飛ばしそうだ)

思いっきり揉みしだきたいと思ったライナスは、ミリアの体を反対に向けた。

そして、腋の下から両手を入れて、大きな乳房を包みこむ。

「ああん」

両の乳房を揉みしだかれて、ミリアは気持ちよさそうに喘ぐ。

女は背後から抱きしめられて、愛撫されると弱い。男の手が、オナニーのときと同じ角度で入るため安心して楽しめるからだ。

(特にこいつがオナニーをしてないはずがないからな)

油断していると弾き飛ばされそうな揉み応えたっぷりの乳房を揉みこんだライナスは、頃合いを見計らって右手を下ろすと、親指と中指と薬指で、大陰唇《だいいんしん》を包む。その状態で三指を前後に激しく動かす。

「あっ、あっ、あっ」

シャリシャリと濡れた陰毛がかき乱され、掌にコリコリとした陰核の突起を感じた。そこを集中的に弄ってやると、指の狭間《はざま》から熱い液体があふれて、ポタポタと雫《しずく》が滴る。

「ああ、気持ちいい、気持ちいい、気持ちいい」

女性器がトロトロになったところで、ライナスは膣穴に中指を入れる。

「ああん」

膣洞が指を絞りあげてくる。

ダラダラと失禁したかのような熱い液体が垂れた。

(うわ、ザラッザラ。猫の舌みたいな襞肉が吸い付いてくる。やばいなこのオ◯ンコ)

若く健康。しかも剣豪をやっているくらいだ、筋肉もある。こんな女の膣洞が締まらないはずがない。

想像しただけで逸物《いちもつ》が辛抱たまらなくなった。

しかし、挿入したと同時に、射精してしまったのでは大人の男としての面子が丸つぶれである。

(入れる前にもう一回ぐらいイかせてやるか)

そう企図したライナスは、膣洞の入り口付近、腹部の裏側を探る。

「あ、あ、ああ……」

ぷっくりとしたコインのような膨らみを探り当てられたミリアが裏返った悲鳴をあげた。

（よし見つけた）

いわゆるＧスポットだ。

そこを中指の腹で掻きながら、ライナスは激しく指を出し入れさせる。

クチュクチュクチュクチュクチュクチュ……。

卑猥《ひわい》な水音とともに、ミリアの牝声が響き渡る。

「え、なに、そこ、ええ、らめ、力が、力が抜けちゃう、ひぃ、イクイクイク、イっちゃう！　はぁぁぁぁ……」

驚愕《きょうがく》の声をあげたミリアの股間から、熱い液体が一気に噴き出した。

ブシュッ、ジョオオオオオ……。

室内に甘い匂いが立ち込める。

先ほど大量に飲んだ貴腐ワインの香りだ。

男の胸に頭を預けて、ぐったりと脱力したミリアを見下ろしてライナスはからかってやる。

「おもらしとはだらしないな。セックス中におもらしするなんてマナー違反だぞ」

「ご、ごめん。でも、だ、だって……」

自分でも驚いてしまったのか、男勝りの女傭兵が涙目になってすすり上げている。

「冗談だよ。本気に取るな。女のおもらしなんてかわいいものだ。さて、落ち込んでいる暇はないぞ。ここからが本番だ」

露悪的に笑ったライナスは、ミリアの股間の下に逸物を晒す。

それを見下ろしたミリアが目を剥く。

「うわ、でか、ちんちんでっか」

「いや、いうほど大きくないだろ」

謙遜したライナスは、濡れた縮れ毛に彩られた亀裂の狭間に男根を添え、一気に押し込んだ。

「うほっ」

亀頭はコリコリとした子宮口にまで達する。

背面座位で貫かれたミリアは、歓喜の声をあげてブルブルと震えた。

(あ、こいつ入れたと同時にイキやがった。ヤバ)

ザラザラの膣壁《ちつへき》が、男根にキュッキュッと絡みついてくる。

(ちょ、ちょっとまて、このオ◯ンコの動き……。感度よすぎだろ。やっぱ若いんじゃないか)

女の絶頂につられて射精しそうになるも、ライナスは大人の男の見栄で必死に耐えきった。

そして、ミリアの顔を左に捻《ひね》って瞳を合わせる。

「こら、さっきまでの勢いはどうした？」

「だって、あたし、男性経験ほとんどないし」

「なるほど、大人の男をからかうとどういう目に遭うか、たっぷりとわからせてやるよ」

背伸びをしていた小娘にお仕置きするため、ライナスはミリアの肉感的な唇を奪う。

舌を絡め吸いながら、同時に両手を腋の下から入れて、ビンビンに勃起《ぼっき》している乳首を摘まみ、クリクリクリクリクリと扱いてやる。

「んんんんん……」

若く健康な女は本当に感度がいい。またもあっさりと絶頂してしまった。

キュッキュッキュッと膣洞が凶悪に締まってくる。

驚いたライナスは、なんとか下腹部に気合いを入れて耐え抜く。そして、唇を離してからかってやる。

「また、イったのか？」

「だって、おちんちん入れられた状態で、乳首を扱かれるの、すっごく気持ちよかった」

連続絶頂でミリアの顔が真っ赤に火照り、目からは涙があふれてしまっている。

（こいつ、本当にあんまり経験ないな）

それと察したライナスは、内心で舌なめずりをした。

こういう男を舐めた小娘に、男のすごさを見せつけてやりたい、という牡としての本能を刺激されたのだ。

「なら、次はこんなのはどうだ？」

ライナスはミリアの両足をM字開脚にしたまま立ち上がった。

背面の立位である。

「ひぃ！」

亀頭部ががっちりと子宮口に刺さっている。ミリアは両目を剥いた。

そして、この状態からライナスは、その場で軽く跳《は》ねる。

「ひっ！　ひっ！　ひっ！　奥っ、奥にっ、ぶっとい大人ちんぽっ、気持ちよすぎるぅぅぅ！」

子宮口をズンズンと突き上げられたミリアは両の黒目を上に向けて白目を剥き、鼻の穴を縦に長く伸ばし、開いた口元から喘ぎ声と唾液と濡れた舌をだらしなく出していた。

（女剣豪もこうなったら、ただの小娘だな）

完全に正体を無くしているミリアを、ライナスは寝台に運んだ。

「ほら、まだへばるには早いぞ。ここからが本番だからな」

ミリアを寝台の上に四つん這いにしたライナスは、そのむっちりとしたデカ尻を左右から掴んだ。

窄まったお尻の穴を見下ろしながら、腰を力いっぱいに叩き込む。

「あっ、あっ、あっ、あっ、あっ」

枕に顔を埋めたミリアは、尻の穴をヒクヒクと痙攣させながら気持ちよさそうに喘いでくれている。

(なんか、こういうのもいいな)

愛だ恋だといった面倒臭いものはない。互いの性欲を満たすための情事である。

いわばスポーツをしているような感覚だ。とにかく女をイかせることに注力する。

それにこのミリアという娘の体は、ちょっとやそっと乱暴に扱っても壊れないという安心感があった。か弱い女を抱くときの如く、割れ物のように扱う必要はない。

「イク、イク、イク、イク……」

感度抜群の少女は、またもイってしまったようだ。

しかし、ライナスは射精しない。今度はミリアの左太腿に跨がり、右足を肩に担いだ横位で掘りまくる。

「そんな連続でなんて、すごい。すごすぎる。もう、らめ、あたし、イっている。イっているから、これ以上、イったらあぁぁぁ」

終わりなき突貫攻撃を受けて、若く健康な女体はイキっぱなしの状態になったのだろう。

汗まみれとなった全身をビクビクと痙攣させたミリアは、激しく喘ぐ。

当然、ざらざら猫舌膣洞の締め付けも凄まじい。

(そろそろ六回ぐらいイかせてやったかな)

男根を挿入したまま抜かずに六回イカせることを俗に「ヌカ六」という。

これをやられた女は、絶対に満足するという。

「それじゃ今度は俺もイクぞ」

限界に達したライナスは、寝バックでトドメとばかりに男根を思いっきり押し込んだ。

子宮口に亀頭ががっつり嵌った状態で欲望を爆発させる。

ドビュッ、ドビュッ、どびゅゅゅゅゅッ!!!

ここまで我慢に我慢していただけに、大量の精液が瀑布のように噴き出した。

「ひぃぃぃい、きた、来ちゃった、ひぃぃぃぃぃ!!!」

連続してイカされ続けていたミリアであったが、膣内射精されるときの快感というのは格別なのだろう。

思う存分に射精したライナスは、男根を引き抜いた。

「はぁ……、はぁ……、はぁ……」

新鮮な空気を求めたのだろう。仰向けになったミリアは、大きく口を開けて呼吸をするとともに、ガクガクビクビクと全身を激しく痙攣させた。同時に蟹股開きとなった両足の付け根から白濁液をあふれさせる。

ミリアは恥ずかしそうに、目元を右手の甲で隠しながら口を開く。

「はぁ、はぁ、はぁ、気持ちよかった～、こんなすごい体験初めて……」

「どういたしまして」

ライナスはワイングラスを取って、まだ残っていたワインを口に運ぶ。

「こういうのをワカらされちゃったっていうんだよね。やっぱ経験豊富な大人の男って違うわ。なんというか、新しい門を開かれちゃった感じ……。あたしって、実は年上の男に弱かったみたい……」

「かわいいこと言うじゃないか」

ワインを飲みながらライナスは、黄金の頭髪を撫でてやる。

満足げなミリアが口を開く。

「ねぇ、おちんちん、しゃぶらせてくれない」

「ああ、いいぞ」

「あん、腰が完全に抜けちゃって、動けない。こっちにおちんちんちょうだい」

懇願《こんがん》に従ったライナスは、ミリアの枕元で胡坐をかいた。

ミリアは仰向けのまま、愛液と精液に塗れた男根にしゃぶりつく。

「美味しい」

仰向けでお掃除フェラをするミリアの下半身は蟹股開きで、陰部からは白い液体がドピュッドピュッと水鉄砲のように噴き出している。

(まったくスケベな小娘だ。しかし、セックスを楽しむなら最高の女かもな)

ワインを片手に余韻に浸るライナスが、仰向けになっても盛り上がっている若々しい肉塊にもう一方の手を伸ばして揉んでやっていると、尿道に残っていた残滓《ざんし》まで吸い取ったミリアが提案してきた。

「こんなすごい体験させられたら、あたしもうこのおちんちんから離れられないよ。決めた。あたしが護衛をしてあげる」

「ん？」

「あたし、ラルフィント王国の生まれだし、案内もできるよ」

ミリアの提案に、ライナスは首を横に振るう。

「護衛といっても、そうは出せないぞ」

「格安でいいよ。足りない分は毎夜おちんちんで払ってもらえれば十分」

「おまえな……。まぁ、そういうことならよろしく頼む」

ミリアにしゃぶられて射精したばかりの男根は復活してしまっていた。二人はそのまま二戦目に突入する。

※

若い娘の肉体に溺れているライナスは知らなかった。

この宿の壁は薄くはなかったのだが、歌手を志すような少女は耳がいいのだ。

すなわち、寝台に独り静かに横たわっていたエイミーは、顔を真っ赤にしていた。もちろん、酒は飲んでいない。

そして、風呂上がりに穿いた洗い立ての白いショーツを、内側から濡らしてしまっていた。

その不快さに耐えかねたエイミーは、真夜中にこっそり起きあがると、洗面所で脱いだパンツを手洗いする。

第三章　情熱の歌

「ここがラルフィント王国の首都バーミアか」

二階建て、三階建ての建物が立ち並び、通りには屋台が所狭しと出ていて、ちょっとしたスペースでは大道芸人が技を披露して客引きをしている。そして、それらを縫《ぬ》うように歩く華やかに着飾った人々。

その凄まじい熱気にライナスは圧倒されて、呆然《ぼうぜん》と立ち尽くす。

「ふぁ、お祭りみたい」

見たことのない人混みに、エイミーも目を見張っていた。

そんなお上りさん丸出しの二人に、旅慣れた女傭兵であるミリアは得意げに説明する。

「正確には、ゴットリープが首都で、こちらは旧都ってことらしいよ。よくわかんないけど」

世界最大の国家であるラルフィント王国は百年前に、王子派の雲山朝と王弟派の山麓朝に分かれて内乱を始めた。その内乱があまりにも長すぎて、日常化してしまっているのだという。

そして、王子派の雲山朝が、ここのバーミアを拠点にしているらしい。

「ここは仙樹教の発祥の地だからね。参拝客が引きも切らずやってくる。その観光客からお金を搾り取ろうと、カジノに闘技場、娼館にいたるまでなんでもある。この町にないものはないって言われているよ」

「なるほどな」

こんな大きな国の王とはどんな人物なのだろうか。

(やっぱり徳の高い人なのかな)

一目見てみたいという誘惑を感じないでもないが、いまさら国家の興亡に巻き込まれてはたまらない。

好んで近づく必要はないだろう。

放っておくといつまでも立ち尽くしていそうな親子を、ミリアが促す。

「芸能をやるなら、仙樹教の神前で歌や舞を奉納するのが、一つの登竜門とされるみたいだよ」

「それじゃ、とりあえず仙樹教の総本山とやらに行ってみるか」

どうやったら奉納公演が許されるのかわからないが、会場の責任者に聞いてみるのが一番手っ取り早いだろう。

一行は参拝客の流れに混じって、仙樹教に向かった。

目的地に近づくにしたがって人は増えていく。バーミアにやってくる人は、ここに参拝するのが第一の目標なのだから当然だろう。

「エイミー、はぐれるなよ」

「はい」

この人混みで迷子になったら大事である。そのことはエイミーにもよくわかったようで、ライナスの裾をしっかりと掴む。

「お財布とかにも気をつけてね。ほんとなんでもありの町なんだから」

注意を促しながらもミリアは楽しそうだ。この町の猥雑《わいざつ》さが嫌いではないのだろう。

やがて一行は境内に入った。

仙樹教の教えがどれほど優れているのかは知らないが、暦まで司《つかさど》る世界宗教である。

その総本山となったら、鍛冶の神様といわれる単眼の巨人神神殿とは、規模が違う。

予想通り、壮麗極まる大伽藍だ。

「大舞台はこっちだよ」

ミリアの案内に従ってついていくと、すり鉢状の会場に入った。

舞台では百人ほどの男女が歌い踊り、観客席には千人、いや、一万人を超える規模の人がいる。

その観衆もまた、歌い踊っているのだ。

地鳴りのような音が、世界を圧する。

「すごい」

エイミーの感想は一言だった。それ以外の感想が出なかったのだろう。

(いやはや、こんな世界があるのか)

あまりの熱量に、ライナスも絶句させられてしまった。

観客席の入り口近くからの立ち見であったが、なんとか一舞台を見終わったライナスが、
目を見開いて観察していた娘に質問する。

「エイミー、ここで歌いたいのか?」

「……はい。歌いたいです」

決然とした顔で、エイミーは頷いた。

(この子、大人しい顔して、肝が据わっているというか、意外と根性あるな)

感心したライナスもまた、腹をくくることにする。

「それじゃ、どうすればここで歌えるか、聞いてみよう」

会場の坊官に聞いて、運営の受付に出向く。

「一年後までいっぱいって、それはないだろ？」

ライナスの傍らで応答を聞いたミリアが、抗議の怒声をあげた。

「ここで歌いたい人はいっぱいいるんだから仕方ないでしょ」

単なる新人の登竜門というだけではなく、バーミアにある劇団が宣伝のために押さえているのだ。

つまり、神殿で公演することによって劇団名を宣伝し、自らの小屋に誘導している。

「そこをなんとか。この子、ここで歌うのが夢で、わざわざシュルビーから来たんだよ」

ミリアに拝み倒されても、坊官の対応はにべもない。

「そう言われても規則は規則ですから」

「そういう杓子定規なこと言う。あんたには情がないのか！」

ミリアの言い分に、運営の坊官もむっとしてしまう。

(困ったな。別に賄賂をねだっている雰囲気でもない)

ライナスとしても、所詮は騎士だったわけで、ここからどうしていいのかわからない。

途方に暮れていると、不意にあたりの雰囲気が変わった。

何事かと思い、人々の視線を追うと、参道を緑の長髪をたなびかせ、白いドレスを纏った三十がらみの美女が取り巻きを従えて歩いている。

手には錫杖《しゃくじょう》を持ち、金の髪飾りをつけた彼女を一目見るなり、神殿内にいた参拝客はもちろん、坊官たちも慌てて畏まった。

あたりに合わせて畏まったライナスは、いままで話していた坊官に質問する。

「申し訳ない。田舎者ゆえに知らないのですが、あの方はどちら様でしょうか？」

「仙樹教の大司教シルフィード猊下ですよ」

ラルフィント王国雲山朝三代目国王ギャンブレーの娘にして、現在の仙樹教の最高責任者。

それでいて、ぞっとするような美貌の持ち主だ。

（世の中にはおっかない美女がいるものだ）

生まれも育ちも高貴を極めているせいだろうか、タダモノではない雰囲気がビンビンである。

予備知識のなかったライナスには、ありがたさが今一つ伝わらなかったが、敬虔な信者なら一目見ただけで生涯の自慢話の種になるのだろう。

「ということは、あの人がここで一番偉い人か。こういうときは偉い人を口説き落とすのが一番だよね。エイミー、いくよ」

「え、おい」

なんとミリアは、エイミーの手を取って参道に飛び出した。

「大司教さま～、聞いてくださ～い」

「無礼者」

明らかに護衛を兼ねていたシスターが、立ちふさがる。しかし、ミリアはその手を難なく潜り抜けてシルフィードの前に進み出た。

(あちゃ～、余計なトラブル発生)

頭を抱えたライナスは、事態を収拾のために進み出る。

ミリアは小脇に抱えて連れてきたエイミーを、ぬいぐるみのように大司教様の眼前に翳《かざ》す。

「みてみて、この子、天使みたいでしょ。歌うともっとすごいよ。シュルビー王国の単眼の巨人神神殿で聖歌隊をやっていたんだけど、あの国滅亡しちゃったから、一念発起して、わざわざこんな遠くのラルフィント王国にまで来たの。ここで歌いたいって夢見て。それなのに一年間も無理って話、あんまりじゃない。なんとかしてくださいよ」

ミリアが一気にまくしたてている間も、護衛のシスターがムキになって取り押さえようとするが、ミリアはひょいひょいと躱《かわ》す。

その様子を驚きの表情で見ていた聖女様が口を開く。

「あなた、花流星翔剣の方ね。お名前を伺ってもよろしいかしら？」

「よくわかったね。花流星翔剣免許皆伝のミリアだよ」

ミリアはまったく恐れ気もなく応じると、なんとシルフィードは感動したていで、その手を取った。

「やっぱり。女剣聖イレーネと一緒に、あの人を撃退したという話題の方ね。お会いできて嬉しいわ」

想定外の話題だったのか、ミリアはバツが悪そうに表情を引きつらせる。

「あ、あれはたまたまというか、姐さんの功績なんだけど」

「謙遜しなくていいわ。金毛の小狼ミリアさんの勇名はわたくしにも届いているわ。あの男を倒すのはわたくしの悲願だったのですから。その功労者であるあなたの頼みなら、無理を聞いてあげたいところだけど」

少し考える表情になったシルフィードは、係のものから公演スケジュールを確認する。

「今日、『愛と情熱の舞踏団』という新進気鋭の劇団が舞を奉納することになっているわ。そこに混じって参加するというのはどうかしら？」

「え」

思いもかけない展開に、ライナスは絶句してしまう。

「一曲ぐらいは、歌える時間を分けてもらえるはずよ」

「い、いいんですか？」

動揺するライナスに、シルフィードは悠然と頷く。

「ええ、わたしの権限で時間を作ります。アンジェリカ、案内してあげて」

「はい」

ミリアに散々に振り回された護衛シスターは、かなり不本意そうであったが頷く。

「さっすが大司教、話がわっかる～。ありがとうございます」

ミリアは大きく頭を下げた。エイミーも続く。

もちろん、ライナスも平身低頭するしかない。それでいてミリアに懐疑的な目で質問する。

「なぁ、おまえ、なにやったんだ？」

「聞かないで。あのことは思い出したくないことなの」

「そ、そうか？」

世界最大の宗教団体のトップが厚遇したくなるほどの功績を残しながら、本人が語りたくないというのも不可解なことだ。しかし、本人が語りたがらないものを根掘り葉掘り聞くのも悪いと思い、ライナスは踏み込まないことにした。

※

「ふざけるんじゃないわよ！」

シスター・アンジェリカから事情説明を受けた、『愛と情熱の舞踏団』の面々は激怒した。

（まぁ、怒って当然だよな）

ライナスとしても申し訳ない気分になる。

頭巾から金灰色の髪を覗かせる武闘派シスターは澄ました顔で応じた。

「大司教シルフィード様のたってのご希望です」

「公演直前になって、こんな田舎から出てきたばかりのどこの馬の骨かもわからない小娘を混ぜろだなんて」

先頭に立って激怒しているのは、ダークブラウンの波打つ長髪に、布地よりも素肌の面積が何倍も多い華やかな服装をした二十代後半と思しき美女だった。

いや、よく見ると素肌に見える部分には、半透明の紗の衣を纏っている。

いわゆる踊り子装束というやつなのだろう。

（くびれ、すげぇ）

その商売に相応しく、女性にして背が高い。舞台映えのする体だ。胸は大きく、手足がすっと長い。太すぎず細すぎず、まさに女体としての理想形。

まさに魅せることに特化した女の体といったところだろう。

王宮に出入りして、美姫は見慣れているつもりのライナスであったが、ここまでスタイルがいい女性を見たのは初めてだ。

舞台で遠くの観客にもよく見えるようにするためだろう。派手な化粧が施されているが、素も美人であることは容易に想像がつく。

ミリアが仲裁を試みる。

「綺麗なお姉さん、そんなに怒るとせっかくの美人が台無しだよ」

「煩い。あんたにそんなこと心配される謂れはないわよ」

この自由奔放《ほんぽう》な剣豪娘に任せていると、火に油を注ぐと感じたライナスが進み出る。

「俺はライナス。こいつは俺の娘でエイミーという。単眼の巨人神神殿で聖歌隊にいた」

「ふ～ん」

腕組みをした踊り子は、エイミーをじろじろと値踏みする。

やせっぽちの少女は慌てて頭を下げた。

「エイミーです。よろしくお願いします」

「あたくしは『愛と情熱の舞踏団』の座長を務めるアルネイズよ」

礼儀正しく名乗られたので、名乗り返さないわけにはいかなかったのだろう。むすっとした顔ながら自己紹介してくれた。

（座長だと⁉）

劇団の事情に詳しいわけではないが、女の身、それもこの若さで座長はかなり異例ではないだろうか。

彼女の憤慨は正当だと感じたライナスは、努めて平静に妥協案を出してみる。

「一曲歌わせてもらうだけでいいんだ。うちのエイミーが歌う間、あんたらは踊るというのでどうだ？」

「……」

ライナスとアルネイズの瞳がしばし正対した。アルネイズは溜息をつく。

「まぁ、シルフィード様の決定にあたくしたちが逆らえるはずはないしね。いいわ、どれくらい歌えるか、見てあげる。とりあえず磨いてみましょう。ミランダ、この子に合う衣装を適当に見繕って。胸に詰め物すれば小さいのは誤魔化せるでしょ」

「は～い、姐さん」

座長に負けず劣らず露出の激しい踊り子の衣装に身を包んでいる、エイミーと同世代と思える少女が、貧乳娘を連れていく。

「とりあえずウォーミングアップがてら歌ってもらうわよ。それで物にならないと判断したら、シルフィード様がなんと言おうと舞台にはあげないから」

「ああ、ご存分に」

ライナスとしても異論はなかった。

※

『大樹の枝に蒼き鳥が羽を休め、風ははるか遠くの空に届く』

その日の午後、仙樹教神殿で行われた奉納式には、大勢の参拝客だけではなく、大司教のシルフィードも臨席した。

『愛と情熱の舞踏団』が披露した演舞の最後に登壇したエイミーは、天使を模した装束で仙樹教の聖歌を情感いっぱいに歌いあげる。

その間、アルネイズやミランダら『愛と情熱の舞踏団』のダンサーが狂おしく踊った。

エイミーが歌い終えると、芸術の都市に育ち、目や耳の肥えた観客が歓声をあげる。

「ブラボー、なんて綺麗な子なのかしら」

「すっごい美人、声がいいうえに、あんなにスタイルがいい子がいたなんて」

もともと手足が長い少女ではあったのだ。そこにプロのコーディネートが入って、絶世の美少女になってしまった。

（化粧って偉大だな。田舎娘がとんでもない美人に化けやがった。それにしても、あのお

っぱいは反則だろ）

ドレスの下に偽乳を仕込んだことによって、薄い肩に、細く長い手足、腹部も両手で握れそうなほどに細いというのに双乳だけが、ぐんっと前方に飛び出すという、普通の人間ではあり得ないスタイルが完成してしまっていた。

エイミーの歌声はともかく、その容姿を褒めたたえている声を聴くと、ライナスはいたたまれない気分になる。

大いに盛り上がった会場で、シルフィードは話題の歌姫を手招きした。

「エイミーさん、よい歌声だったわ」

「ありがとうございます」

ニコリともせずに応じるエイミーは、単にどう応じていいかわからなかっただけだろう。

しかし、観衆には、聖女様相手にも媚《こ》びない気高さに見えてしまったようだ。

「天から賜った声。天賜の歌声エイミーと名乗りなさい」

大司教から直々に、二つ名を賜ったのだ。観衆も祝福してくれた。

「エイミー、名前を覚えたわよ。絶対に聞きに行くわ」

「『愛と情熱の舞踏団』の隠し玉ね。すごい新人見つけてきたじゃない」

たった一度の公演、いや、一曲歌っただけだというのに、もう熱狂的なファンがついてしまった感じだ。

ことが終わってみれば大盛況である。その後、舞台の裏側で打ち上げとなった。

神殿に舞を奉納した劇団は、その日、神殿内で泊まることができるらしい。

「ミリアさん、あなたとはゆっくりとお話したいわ」

「勘弁してくださいよ〜」

「いいじゃない。じっくりと語り合いましょう」

ミリアはシルフィードにやたらと気に入られてしまっている。

(ほんと、あいつなにをやらかしたんだ？)

訝《いぶか》しい気持ちで眺めるライナスのもとに、アルネイズが寄ってきた。

「あなたたちとのセッション、面白かったわ」

アルネイズはまだ舞台衣装のままだった。

水着と見まごう露出の高さ。いや、水着よりもきわどい衣装で、その上に羽衣や金のネックレスやブレスレットやアンクレットという華やかな装飾品をつけている。

官能的に見せることを極限までに追求した衣装なのだろう。そのうえ舞台が終わったばかりで、肌が汗に濡れているのだ。

目のやり場に困る。

「こちらこそ、貴重な体験をさせてもらった」

飛び入りで公演に混ぜてもらったのだ。ライナスとしては、アルネイズたち『愛と情熱の舞踏団』に感謝しかない。

(初対面のときは怒っていたから気づかなかったが、こうやってみると凄まじい色気だな)

つまり、猫をかぶれる女ということだ。

官能的な女は、ライナスの瞳をじっと見ながら口を開く。

「実はあたくしたち今回の奉納公演のあとはバーミアを出て、世界一周公演をやってみようと思っていたのですわ」

「ほぉ、それはすごいですね」

「バーミアは歴史ある町だけあって、老舗が牛耳っているの。あたくしたち新興が参入するのは難しいのよ。頑張ってもパイの食い合いだしね。それくらいなら、世界を巡って新規顧客の開拓に活路を見出したほうが面白いと思って」

それも一つの道だろう。適当に相槌をうつライナスに、アルネイズは間合いを詰める。

「よかったらあなたたちも一緒にこない。歌える子がいると、公演の幅が広がるわ」

同世代ということで、友達になったらしいミランダと話しているエイミーを、アルネイズは見る。

「いや、せっかくの申し出だが、俺たちはバーミアに来たばかりでね。エイミーにはバーミアでいい先生を見つけて修行させようと思っている」

「別にバーミアにいたからっていい先生と巡り合えるわけではないわよ。あの子の基礎はできている。シルフィード様が認めるほどにね。あとは歌って唄って謡いまくる、実戦でこそ磨かれるものはあるわ。また、歌手としてやっていくには、歌が上手いだけではダメよ。あたくしたちから吸収できることもあるでしょ」

「……」

エイミーが絶世の美少女に化けたことを思い出し、ライナスは返答に困った。

歌舞音曲をやるならバーミアだろうと思って、ここまで来た。来たはいいがこれからの展望があるわけではない。

求めてくれているところに行く、というのは一つの道だろう。

悩むライナスに間合いを詰めたアルネイズは、赤い口唇を近づけて囁いてくる。

「突然の申し出で、警戒されるのはよくわかりますわ。まずはお互いのことをよく知りませんか？」

「そ、そうですね」

顔が近い。

単に造形美として整っているだけではなく、匂い立つような色香を纏ったいい女である。比喩ではない。鮮やかな赤い口唇から爽やかな香りが立ち上っていた。おそらく香り玉を含んでいるのだ。

幻惑されたライナスがわずかに頷いてしまった。

その隙を見逃さず、アルネイズの右手がごく当たり前に、ライナスの股間に入った。そして、逸物を引っ張り出される。

「あ、あの……なに？」

美女に逸物を握られたら、その時点で男の負けである。

動けなくなってしまったライナスの逸物を、アルネイズは手慣れた指使いで扱き、あっという間に隆起させてしまう。

「うふふ、すごい立派」

手にした男根をシコシコと扱きながら、妖艶なる美女は嫣然と笑う。

さらに亀頭部を、自らのショーツのクロッチ部分に突き立てる。

「あん、まずはあたくしの秘密を一つ教えてさしあげますわね。いまあなたのおちんちんの先端があたっているところが、あたくしのクリトリスのあるところですの」

「……」

亀頭は男にとって最大の性感帯だが、指先ほど造形を捉える触感はない。それでも布越しにコリコリとした突起を感じた気がした。

「うふふ、子供が仲良くなるためには、駆け回る広い野原が必要ですけど、大人の男女が仲良くなるためには部屋が一つあればこと足りますのよ」

ゴクリ
生唾を飲むライナスの顔を見つめながら、滴るような色気の美女は小首を傾《かし》げる。その仕草、まさに夜の蝶。美しい蝶々の鱗粉は、甘い毒で男の脳裏を溶かす。

「子供では味わえない、大人の遊戯でしっぽりと親睦を深めませんか？」

「しっぽり」

「ええ、しっぽり」

自らの鼠径部に押し付けた亀頭部をクリクリと転がしながら、夜の蝶は妖《あや》しく羽ばたく。

「ああん、あたくし、今日は汗をかいてしまいましたから、お風呂に入りたいですわ。ご一緒してはくださいませんこと？」

この誘惑を振り払える男というのは、果たして存在するのだろうか。

「あ、ああ……」

文字通り女に急所を握られてしまった男は、促されるままに頷く。

「まぁ、嬉しい」

満足げに笑ったアルネイズは、男根を握ったまま寄り添い、風呂場へと導く。

脱衣所に入った夜の蝶はごく当たり前に獲物の服を脱がしたあと、自らの踊り子装束も脱ぐ。

完璧な造形美を保った乳房が二つ、まろびでた。そのスイカを思わせる大きさは予想された驚きである。

そして、下半身に目を下ろしたライナスは、予想を超えた驚きに目を見張った。

なんと、鼠径部を彩る黒い陰毛は、ハート形をしていたのだ。

もちろん、女の陰毛がハート形に茂ることはないだろう。間違いなく自分で整えたのだ。

(こ、この女、プロだ)

頭の先から、つま先、そして、陰毛にいたるまで徹底的に男を楽しませることに特化した女である。

(この女に入れ込んだ男は、尻の毛まで抜かれるぞ)

戦慄したライナスの理性が警鐘を鳴らしているのに、その見事な媚態《びたい》からは目を離すことができない。

「うふふ、そんなに見られたら恥ずかしいですわ」

　恥じらう言葉とは裏腹にアルネイズは、自らの肉体美に絶対の自信があるのだろう。乳房も股間も、女として隠すべき場所を隠そうとはしない。

「それじゃ、お風呂に入りましょうか。あたくし、汗臭いですから、まずはお風呂に入って汗を流させてください」

「ああ」

　裸となったアルネイズは、ライナスの左腕を抱き、二の腕を乳房の谷間に挟みながら洗い場に促す。

　中は総大理石作りの広い風呂場だった。

　舞台で公演した演者が一斉に入るためだろう。百人以上が同時に入れるほどの空間だ。湯船も、二十人以上が同時に入れるような大きさだった。

　そこに二人して入ったライナスの膝の上に、アルネイズは当たり前のように腰を下ろす。

　女の柔らかい内腿でいきり立った男根を挟まれた。いわゆる素股状態だ。

「うふふ、一仕事終えたあとに入るお風呂。最高ですわね。まして、いい男とご一緒できるなんて夢のようですわ」

　寛いだ声を出したアルネイズは、ライナスの手を取ると自らの乳房を握らせる。

　男の掌からほどよくこぼれる大きさ。まるで熟れた桃のような乳房であった。

鷲掴《わしづか》り付いたら甘いだろ、と思わせる極上の乳肉を、掌で弄《もてあそ》びながらライナスは質問する。

「ここで公演したのは初めてではないのか？」

「さて、何回目かしら？　数えたことがありませんわね。物心ついたころから母親に連れられてお邪魔しておりましたから……。年に、いえ、月に一度はこちらで踊らせていただいていることを考慮しますに、おそらく百回以上は公演させていただいていますわね」

「そんなにか」

驚くライナスに、アルネイズは笑う。

「仙樹様で公演しても、お金にはなりませんけど、お客に名前を覚えてもらうという意味では欠かすことのできない公演ですのよ」

「なるほど……」

道理でここの施設のことも知り抜いているわけだ。

「あたくし、生まれも育ちもバーミアで、生粋のバーミアっこなんです。物心ついたころから舞台にはあがっていましたわ」

「ということはお母さんも踊り子だったのか」

ライナスの顔に流し目をくれながら、アルネイズは意味ありげに口角を吊り上げる。

「そうなんですの。でも、父親は不明ですわ。母は王宮に出入りをしていたこともありますから、ギャンブレー陛下の褥に侍ったこともあるそうですの。だから種は？」

「いっ!?」

絶句するライナスの顔を見て、アルネイズは反り返り白い喉を見せながら楽しげに笑声をあげる。

「あはは、冗談ですわよ。ほんと、どんな男もお姫様が好きですわよね」

「は、はは……」

からかわれたと知ってライナスは乾いた笑みで受け流す。

「うふふ、母のいた劇団で、そのままやっていても面白かったんですけど、どうせなら自分の思い通りになる劇団をやりたくて独立して、この劇団を立ち上げましたの。それじゃ、そろそろ始めましょうか。お背中をお流ししますわ、どうぞこちらに」

アルネイズは男の膝の上から立ち上がり、湯船を出た。そして、木の椅子を用意する。

促されるままに湯船を出たライナスは、木の椅子に座った。

その背に回ったアルネイズは、手で石鹸《せっけん》を泡立てて、ライナスの背中を撫でてくる。

「逞《たくま》しいお背中、うふふ、とても、笛吹きの体ではありませんわね」

「……」

「うふふ、秘密のある男ってミステリアスでいいですわね」

ライナスは慌てて口を開く。

「いや、隠しているわけではなく、言ったところでせんないと思っただけだ」

「左様ですか。それなら、おいおい教えていただきましょうか？　では、あたくしのことをお話ししますね。あたくし、バーミアで当代一の美女なんて呼ばれているんですよ」

「そ、それはわかります」

ライナスが肯定すると、アルネイズは耳元で囁く。

「この呼称、少し前まではシルフィード様のものだったんですけど、ほら、あのお方、もう三十路ですから。あら、失言。本人には内緒にしてくださいね。おっかないですから」

「あはは」

たしかに恐ろしかった。あの人を怒らせたら、なにが起こるか想像できない。

アルネイズは石鹸の付いた乳房を、ライナスの背中に押し付けて、ゆっくりと上下させている。

柔い肉と、その頂を飾るコリコリとした二つの突起の感触が、男の理性を蕩けさせる。

「だれにでもこういうことをする女だとは思わないでくださいね。本気であなたと、あの天使ちゃんを欲しいと思ったから、このような手練手管を使っているんですの」

男の背中を乳房で洗い終わった女は立ち上がり、今度は男の腕を伸ばさせて跨がってくる。

そして、ハート型に整えられた陰毛で、ゴシゴシと泡立てた。

「あたくし、恥ずかしいですけど、こういうこと、すこ～し、得意なんですよね」

「す、少しですか？」

疑問を持つライナスの右の肩から首筋まで、ハート形の陰毛に彩られた股間で擦りあげながら、アルネイズは嫣然と笑う。

「どう頑張っても愛のあるセックスには勝てませんわよ。ただ、あたくしたちのような商売をしておりますと、たまに踊りを楽しんでいただいたあと、アフターサービスもご希望なさる御大尽の方もおりまして。せっかく大枚をはたいてくださったお方をがっかりさせるわけにはいきませんから勉強しましたわ。純粋に肉体だけの快楽でしたら、ただ若いだけの小娘になど決して負けませんわよ」

「そ、そうなんですね」

男の全身を、ハート形の陰毛でくまなく洗ったアルネイズは、洗い場にマットを敷いてライナスを仰向けに寝かせる。

「さて、今日は商売ではないのですし、ここからはあたくしも楽しませてほしいですわ。お願いしてよろしいかしら？」

アルネイズの両膝が、ライナスの顔の左右に置かれて跨がってきた。

ハート形に整えられた陰毛の下から蜜が滴っている。

いかにご奉仕のプロとはいえ、男の肌に乳首や性器を押し付け、擦りつけていたら興奮してしまうということだろう。

「こんな麗しい方にご奉仕できるなど光栄です」

白い餅のような尻を抱き寄せたライナスは、左右の親指を肉裂の左右に置き、くぱぁっと開いた。

「っ!?」

まさに薔薇《ばら》の花のような媚肉があらわとなり、同時に香り高い薔薇の匂いが漂った。おそらく香水が撒《ま》かれているのだろう。

まさにどこをとっても完璧、隙がない。

しかしながら、こんな色気の塊のような美女にも、お尻の穴はあった。その光景に妙な安心感を覚えたライナスは、色気の滴るような美女の、滴る蜜を舌先で味わう。

「あん、さすがは結婚経験があるだけあって、女の急所を心得ておりますのね、ああん、お上手ですわ〜」

どんなに経験豊富な女だからといって、性感帯に違いがあるわけではないということだろう。

アルネイズのあげた嬌声《きょうせい》に気をよくしたライナスは、甘い蜜のかかる美しい肉の花弁を丁寧にほぐす。

「ああん、いいですわ。あたくしも負けていられませんわね」

シックスナインの姿勢になったアルネイズは、男の股を開かせると、愛しげに男根に頬擦りをしながら、肉袋にしゃぶりつき、睾丸を吸い上げる。

「あ、おお……」

「うふふ、こんな立派なおちんちんを楽しめただなんて、亡くなった奥さんは幸せでしたわね」

アルネイズはさらに、亀頭部を舐めまわし、尿道口を舐め絞った。だけではない。コリコリとした突起が、陰茎小帯をなぞる。さらに尿道に差し込まれた。

（こ、これがパイズリ⁉）

驚くライナスに、アルネイズが笑声をあげる。

「わかりますか？　あなたさまのオチンポ、あたくしの乳首が犯してしまいました。女に犯される気分はいかがかしら？」

どうやら、アルネイズの突起した乳首で、尿道口を塞がれたらしい。

気分の問題なのだろうが、乳首から出た母乳を男根に注入されているかのような感覚で、男根が内側から破裂しそうになる。

「うふふ、おちんちんがピキピキしていますわ。喜んでもらえているようで嬉しい。でも、こんなに強張っては体に悪いですわね。次は優しく包んで癒してさしあげましょう」

アルネイズは自らの双乳の狭間に男根を挟んできた。

ズリズリズリ……

見えないのは残念だが、至福の触感である。

「おおお……」

まさにプロの技に翻弄《ほんろう》されて、ライナスは身も世もなく身悶《みもだ》えてしまった。

※

シックスナインは男と女のマウントの取り合いのようなところがある。ライナスもアルネイズも、相手をより感じさせせようと夢中になるあまり気づかなかった。

風呂場を覗いている少女の視線に。

「……」

世間的にはライナスの娘となっているエイミーは、父親のあとを追ってきたのだ。

その無垢なる瞳が、風呂場の洗い場に敷かれたマットの上に仰向けになり、無様《ぶざま》に開いた両足の狭間から覗く肛門、そして、いきり立つ男根を見ていた。

「こんなのはどうかしら？」

「いい、いいぞ」

「うふふ、簡単に出したら面白くないでしょ。殿方は我慢しているときが花なんですから。せいぜい我慢してくださいね。ああん、そこを弄られてはあたくし……そこはああん」

本日会ったばかりのスタイル抜群。お色気抜群のお姉さんが、彼女の義理の父親の上に跨がり、エイミーとは次元の違う大きな乳房で、男根を挟み扱いている。

（ライナスったら、ミリアさんだけではなくて、また……）

もっとも身近な大人のあまりにも情けない痴態に、見てられないと思ったエイミーだが、瞬きも忘れて見入ってしまった。

天使と見まごう美少女のパンツの中が熱く濡れていく。

※

「おれ、もう、もう」

ライナスが我慢の限界を訴えると、アルネイズはすっと身を起こしてしまった。

射精寸前でお預けをくらってしまって呆然とするライナスに、後ろを振り返ったアルネイズは嫣然と笑う。

「こんなところで出したら、もったいないですわ。出すならこちらに」

ハート型の大きなお尻を見せつけながら膝立ちとなったアルネイズは、ライナスの腰の上に跨がった。射精寸前のいきり立つ男根の上に、濡れた女性器がくる。

「あたくしもそろそろ、この立派なおちんちんを楽しみたいのですけど、入れてもよろしいかしら？」

「あ、ああ……頼む」

「それではちょうだいしますわね」

両手を組んで頭上にあげたアルネイズは、美しい背中を見せつけるようにゆっくりと腰を下ろす。

ズブリ……。

女の手によってピカピカに磨き上げられた男根は、女の体内に飲み込まれていった。

アルネイズは恍惚《こうこつ》の声をあげる。

「ああ、ぴったり。大きすぎもせず、小さすぎもせず、あたくしのオ○ンコにぴったりのおちんちんですわ。すっごく好み♪」

「ああ、あんたのオ○ンコもすげぇ気持ちいい。さすがバーミア一の美女、オ○ンコの中まで美人だな」

ねっとりと絡みつく襞の数々はまさに男殺しだ。

肩越しに男の顔を見ながら、アルネイズは卑猥に舌なめずりをしてみせる。

「その評価、嬉しいですわ。ですが、いくら気持ちよくても死ぬ気で我慢してくださいね。あたくし常々思いますの。女を満足させる前に射精してしまうおちんちんなんて、いくらみてくれが立派でもゴミ以下だと」

「ゴミ以下っ⁉」

目を剥くライナスを、アルネイズは嗜虐《しぎゃく》的な表情で見下ろす。

「あなたさまに限って、そんなことないと思いますけど、まさか……ね。それでは楽しませていただきますわ」

思いっきり男を挑発した顔のアルネイズは、麗しい広背筋を見せつけながら腰をうねらせ始めた。

自分のスタイルのよさを知っているがゆえに見せつけてきているのだ。

その動きは、まさに踊りだった。

乳房が踊り、汗が舞い散る。実に美しい、男を魅了する踊りだ。

（あ、ちんちんを振り回される。うお、濡れた襞肉が絡みついて、ヤバイ、ちんちんを引っこ抜かれそうだ。気持ちよすぎる。もう出そう。いや、彼女が満足する前に出したら、

男として二度と立ち直れなくなるほどプライドを折られそうだ）

事前に受けた彼女からの警告に恐怖したライナスは、襲い来る快感を死ぬ気で耐えた。

「あは、あたくし、我慢しているおちんちんが大好きですの。イキそうでプルプルと震えているさまを、オ〇ンコの中で感じるのが愛おしくて。ああん、このおちんちん好き♪」

尻の穴もあらわに腰を振るう妖艶なる美女。寝屋を共にした男だけが見ることのできる特別な踊りだ。

（ちんぽを搾り取られる。このままではダメだ）

事前に散々煽られたあとでの挿入である。

睾丸から噴き出した熱い血潮が、尿道の先まで来ていることがわかった。

しかし、彼女が満足する前に射精してしまったのでは、男としての面目が立たない。

男根を振り回されながら、ライナスは必死に我慢した。

（とはいえ、彼女だって感じている。ようするに彼女が先にイケばいいんだろ）

そう思い至ったライナスは両手を伸ばして、アルネイズの両脇の下から手を入れて両の乳房を鷲掴《わしづか》みにした。そして、乳首を摘まみ上げる。

「ああん、いまそこを触られたら♪」

「受けに回ると意外と脆いな。舞姫様」

露悪的に笑ったライナスは、勃起した乳首を扱きあげつつ、さらに腰をあげてやる。

「ああん、ぶっといおちんちんが、奥に、子宮にガンガンあたるぅぅ」

どエス風に振る舞っていた舞姫が、一気に盛り上がった。

（すごい、アルネイズさん、あんなに素敵なお姉さんが、大口を開けて涎を噴いている。おっぱいを揉まれると気持ちいいの？　小股に、あんな太い棒を入れてズブズブと出し入れさせて、痛くないのかしら？）

背面座位での結合であり、ライナスからは背中しか見えなかったが、覗いていたエイミーからは、アルネイズの痴態が正面から見えた。

エイミーは、ライナスとミリアの毎夜繰り広げられるデュエットを聞いていたが、現場を目撃したのは初めてである。

思わず自らの乳房を抱いたエイミーだが、偽乳が外れてしまい慌てる。

そして、アルネイズとのあまりの格差に悲しくなった。

（わたしも、アルネイズさんやミリアさんみたいに大きかったら、ライナスは触ってくれるかしら？　やだ、わたし、おっぱい小さいのに、なんか先っぽが硬くなっていて、ああ）

エイミーは生まれて初めて、自分の勃起した乳首を摘まんでしまった。そして、指を離せなくなってしまう。

(なにこれ、気持ちいい、こ、声が出ちゃう。だめ、声を出したら、見つかっちゃう)

少女が初めての自涜に溺れているとき、彼女の覗く引き戸の先ではさらなる変化があった。

ライナスの右手が、アルネイズの乳房から下半身に降りると陰核を捉えたのだ。

「ああ、そこを弄られたら、あたくし、イク、イってしまいます」

「夜伽の勉強をしてもクリトリスは弱いのか？」

「当たり前です。クリトリスの弱くない女なんていませんわ」

顎《あご》をあげたアルネイズは涎を噴いて悶絶《もんぜつ》する。

エイミーもまた、右手を濡れたショーツの中に恐る恐る入れた。そして、突起に触れてブルリと震える。

だれに教わったわけでもなく、そこがアルネイズの主張する女の弱点だと理解した。

(気持ちいい⁉)

教会育ちで、歌姫になることを夢見る清純派な少女は、自らの陰核に初めて触れただけで頭の奥が真っ白に焼けた。

「あ、もうダメ、イキますわ、イクイクイクイクイク、イク――ッ」

「俺もいくぞ」

アルネイズが絶頂するのと同時に、ライナスもまた我慢に我慢していた欲望を解放した。

ドクン！　ドクン！　ドクン！

「きた、きた、きたぁぁぁ、ひぃぃぃぃぃぃぃぃぃぃぃぃぃぃぃ」

美しき舞姫が、反り返って絶頂する。そして、ひとしきり痙攣したあと男の上に倒れる。

「はぁ、はぁ、はう……、絶妙なタイミングでの射精。あたくし、こんなに気持ちよく楽しめたの初めてですわ」

商売女の「こんなの初めて」というのはリップサービスだということは知っている。

しかし、必死に我慢した結果を褒められて嬉しくなってしまったライナスは、アルネイズの背中を抱く。

「あたくしたち体の相性はすごくいいですわ。たった一回ではもったいないと思いませんか？」

「そ、そうだな」

たったの一回の射精ですべてを持っていかれた気分だ。

（都会の女ってちゅごい）

ライナスは三十歳にして、牝にされる気分を味わった。

※

ちょ〜〜〜……

膝立ちで風呂場を覗いていた脱衣所の少女は、半開きの唇から涎を垂らしながらしばし惚《ほう》けていた。

天使のように美しいと称された少女の、白いパンツの中央から、子蛇のような細い液体が噴き出している。

そのことに気づき我に返ったエイミーは慌てた。

「えっ、うそ、ど、どうしよう……」

生まれて初めてのオナニー絶頂に、清純派の乙女は失禁してしまったのだ。

自らの肉体の変化に驚き、羞恥に身を焦がした少女は、涙目でホカホカと温かい液体で黄色く染めてしまった下着を握りしめる。

とにかく、このことを保護者気取りの男に絶対に知られてはいけないと決意し、慌てて痕跡《こんせき》を消して逃げ出した。

第四章　潮騒の歌

「海だ～！」

百人ほども乗れる巨大な船の舳先にたったミリアは、潮風に金色の頭髪をなびかせながら、両腕をあげて歓声をあげた。

それに影響されたエイミーもまた、水色の頭髪を潮風になびかせながら叫ぶ。

「海だ～」

ミリア、エイミーだけではなく、みなテンションが高い。

「うふふ、若い子は元気ね」

黒い大きな鍔《つば》広帽子に、黒地に赤いレースの付いたサマードレスを着たアルネイズが、色気たっぷりに笑みを浮かべる。

(これが海か)

ライナスにしても初めての海。そして、船旅に心が浮き立つ。

(俺には生涯縁がない場所だと思っていたからな)

アルネイズから『愛と情熱の舞踏団』と一緒に世界を一周する興行に誘われたライナス

は、エイミーに確認を取った。

「わたしにはよくわからない。ライナスに任せる」

という返答だったから、結局、アルネイズからの誘いを受けることにした。

（ダメだと思ったら抜ければいいいだけだしな）

武者修行中の剣豪ミリアもまた、護衛として『愛と情熱の舞踏団』に雇われることになった。

なにせ、仙樹教の大司教シルフィードがお墨付きを与えた女勇者である。大歓迎された。

ラルフィント王国雲山朝の都バーミアを出た一行は、各地の領主の領地を巡り興行を行う。

地方領といっても、いずれもシュルビー王国に匹敵するような規模の人口を有していたのだから、他の地域ならば国と同じだ。

旅興行の合間、エイミーは劇団員から歌の稽古《けいこ》をつけてもらっただけではなく、化粧の仕方を習ったり、ステージ衣装などを選んでもらったりした。

（まぁ、これも悪い選択ではなかったよな）

ライナスとの二人旅では絶対に学べなかったことだ。

なによりも、エイミーにミランダのような同世代の友達ができたのが喜ばしい。

（俺、本当に父親みたいだな）

旅をする上での方便として、エイミーと親子ということにしたが、周りのものに打ち明けるタイミングを逸してしまった。

疑似親子なのに、父性に目覚めている自分の心のありようが可笑《おか》しい。

山麓朝の都ゴットリープに入った一行は、そこから船に乗って、翡翠海にある沿岸国家シルバーナ王国に向かう。

なぜ船を利用したかというと、隣のヒルクライムやオレアンダーといった国々が、貧乏で治安が悪いので近寄らないほうがいいためだそうである。

翡翠海は、その名の通り、本当に緑色をした美しい海だった。

船旅を満喫して、一行はシルバーナ王国の首都ロードナイトで下船する。

この国では年に一度、各地の騎士団から代表を選び、国王臨席のもとトーナメントを開催する行事があるのだという。

それを盛り上げるために『愛と情熱の舞踏団』に参加してほしいとの依頼を受けていたのだ。

「ライナス、実行委員会に到着の挨拶に行ってくれるかしら？」

アルネイズの要望を受けて、ライナスはシルバーナ王国の王宮に出向く。

応接間に入ると、ライナスと同世代、三十路過ぎと思える押し出しの利いた男に出迎えられた。

「ふっ、美女がたくさんいる踊り子の劇団だと聞いていたのに、ずいぶんと騎士臭い男が来たな」

「申し訳ない。うちの美女たちが下手に出歩くと、騒動になりますので」

「まぁいい。仕事の話をしよう」

武道闘技大会を取り仕切る男の名前は、アラゴンといった。

彼から当日の段取りの説明を一通り受ける。

「よろしく頼む」

「こちらこそ。必ず成功させてご覧にいれます」

別れ際、アラゴンから葉巻を勧められた。二人して紫煙を燻《くゆ》らせながら雑談する。

「おまえはどこに仕えていた？」

答える必要を感じなかったが、隠してクライアントの気分を害する必要もないだろう。

「シュルビー王国にお世話になっておりました」

「それはそれはずいぶんと遠くから流れてきたものだな」

アラゴンは感嘆したが、ライナスとしても同感である。北の果てに生まれ育った男が、南の果てに来ているのだ。

「おまえならば武術大会でいいところまで行きそうだ」

「とてもとても、わたし程度の腕ではとうてい及ばぬものがいると思い知らされてしまいましたよ」

自分でもそれなりに強いと自負していたのだが、ドモス国王ロレントに一刀のもとに切り伏せられた過去を思い出すと、汗顔の至りである。

「あんたこそ出場しないのか？　ずいぶんと強そうだが」

「昔は出場したよ」

「そのときの結果は？」

紫煙を吐いたアラゴンは、ことともなげに答えた。

「優勝した」

「そいつはすごい」

「この国では、この天覧の武芸大会に優勝すると出世コースに乗れる。俺は出世するぞ。どうだ。俺に仕えないか？　姦しい女どもの太鼓持ちをしているよりも、その識見を生かせる仕事を用意するぞ」

興味を引かれなかったといえば嘘になるだろう。本来、騎士としての生き方しか知らぬ男である。

　しかし、ライナスの耳から、少女の紡ぐ歌声が消えない。

「ありがたい申し出ですが、いまさら宮仕えができる体ではなくなってしまった。主家を失ってみると、それはそれで新しい世界が広がるものですよ」

「そういうものかな？」

　葉巻を潰したアラゴンは、無理強いをしなかった。

　後年、この男は、シルバーナ王国の宰相となり、幼君を擁立して国政を壟断する。そして、王女シェラザードに奸臣として誅殺されることになった。

　もし、自分が彼に仕えていたらどうなっていたのか、ライナスは人生の岐路における選択肢の多様さに溜息をつく。

※

　アラゴンが指揮を執るシルバーナ王国の騎士団対抗の武道大会は、大過なく大盛況のうちに終わった。

　打ち上げの席で座長のアルネイズが、団員たちに労いの声をかける。

「ご苦労さま。国王陛下から大満足だって、ご褒美をいただいたわ。なんと明日一日、王室専用ビーチを貸し切りにしてくれるそうよ」

実行委員会のアラゴンの粋な計らいといったところだろう。

「明日は一日、ゆっくりと過ごしましょう」

「やったー」

二十人ほどの踊り子たちは歓声をあげ、翌朝、さっそく水着になってビーチに乗り出す。

大きな仕事を終えたあとの休日である。みんな大喜びだ。

「いちばーん」

赤いビキニ水着に身を包んだミリアは、白い砂浜を駆けて緑の海に飛び込んだ。

「うおー、気持ちいい、エイミーも早くおいで」

「は、はい」

エイミーは白いワンピース水着だった。胸元には大きなリボンが付いている。

美しいビーチに、水着姿の美女たちが戯《たわむ》れる光景は、さながら楽園のようだ。

「はぁ〜、いい風」

黒い大きな鍔広帽子に、大きなサングラス、そして、黒ビキニという装いでやってきたのはアルネイズだ。

まさにゴージャス美女。大女優の貫禄《かんろく》である。

ビーチパラソルの下の、デッキチェアに寝そべったアルネイズが、ライナスに声をかけた。

「オイルを背中に塗ってくださらない？」

「ああ、もちろんいいぞ」

サンオイルを手に馴染ませ、アルネイズの背中に塗っていると、海ではしゃいでいたミリアが見とがめる。

「あ、ずる～い、あたしもオイル塗ってもらいたい」

「わたしもわたしも」

二十人もの水着の美女軍団が押し寄せてきた。

「はいはい、塗って差し上げますよ。ご希望者はそこに並んでうつ伏せになってください」

劇団の稼ぎ頭は、なんといっても美しい彼女たちだ。男はそのおこぼれにあずかる存在にすぎず、地位は低い。

ライナスはさながら奴隷のように、美女たちにご奉仕する。

踊り子たちは、楽屋にライナスがいようがお構いなしに裸でウロウロしているのが常だ。いまさら彼女たちの裸や乳房を見てもなんとも思わない。

「よ、よろしくお願いします」

いささか表情を硬くしたエイミーも、並んでいた。

「お、おう」

世間的には自分の娘ということになっている大人しい少女の背中を前に、ライナスはいささか戸惑う。

オイルで濡れた手で、肉付きの薄い白い背中に恐る恐る触れる。

ビクンっとエイミーが震えたので、ライナスは慌てて手を離す。

「どうした？」

「ううん、なんでもない」

「そ、そうか……」

ドギマギしながらも丁寧に、エイミーの背中にオイルを塗ってやった。

他の女の肌に触れても、作業といった感覚でなにも感じなかったのに、エイミーの肌に触れるときだけ、妙な緊張を強いられる。

（こいつ痩せているくせに、おっぱいだけは最近、急に大きくなってきた気がする）

自分の感想に驚いたライナスは、頭を振ってなんとか邪念を追い払うと、エイミーの背中を軽く叩く。

「さて、終わった」

「ありがとう」

「エイミーちゃん行こう」

ミランダに手を取られて、エイミーは海辺に駆けていった。

オイルを塗り終わった踊り子たちは、波打ち際ではしゃいだり、海に入って海水を掛け合ったりして楽しく遊ぶ。

「ミリア様、ビーチバレーをやりましょう」

「おお、いいね。負けたチームは罰ゲームとして、ブラを外すんだよ」

「きゃ、エッチ～」

単純な外見的な美しさという意味ならば、ミリアよりも踊り子たちのほうが優れているだろう。しかし、内面的な魅力というのだろうか。ミリアの持つ明るく陽気な性格が、人々を引きつけずにはおかないようだ。踊り子たちにちやほやされまくっている。

どうやら同性愛のようなことも楽しんでいるようだ。

（奔放なやつだ）

と苦笑するが、別に嫉妬のようなものは湧かない。

王室専用の美しいプライベートビーチに、磨き抜かれた美貌の踊り子たちが、華やかな水着姿で戯れている。

その光景は、まさにパラダイスだ。

「若い子は元気ね～」

「そうだな……」

ライナス、アルネイズといった年長者たちが、ビーチパラソルの下で潮風を楽しみながら寛いでいると、エイミーやミランダといった、団員の若手の子たちが寄ってきた。

「アルネイズ姐さん、わたしたち買い物に行ってきてもいい？」

ミランダの申し出にアルネイズが、ライナスの顔を見た。それを受けてライナスが頷く。

「ああ、気をつけて行ってこいよ」

「うん」

表情の乏しいエイミーにしては珍しく、満面の笑顔で頷いた。

「かわいい小物を見に行こう」

「わたし服も見たい」

「いいね、エイミーならなに着ても似合うよ」

水着の上にシャツを羽織った少女たちははしゃぎながら、ビーチから出ていった。

それを見送りながらアルネイズが呟く。

「エイミーちゃんってほんといい子ね」

「ああ、歌うこと以外興味のない子だからな」

家族など持ったことのない自分に父親の真似事ができるかと不安だったが、エイミーが手間のかからない子だったがゆえになんとかなっている。

以前にしたライナスのアドバイスに従って、毎朝、起きるとまずは軽くランニングしてから発声の練習。朝食を取ったあとは劇団のみなと合同練習。昼食後は、独りで黙々と楽譜を読んでいる。その後、夕食を取って風呂に入り、早々に寝てしまう。

ミランダのような友達に誘われなければ、女の子らしい趣味など知らなかったことだろう。

「あたくしに母親なんて無理だと思ったけど、エイミーちゃん相手なら、あたくしでも上手くやっていけるかもしれない……」

「ん？」

「いえ、なんでもない。忘れて」

珍しくアルネイズが顔を真っ赤にして動揺している。軽く咳払いしたアルネイズはサングラスで表情を隠しつつ、命令をする。

「ジュースを飲みたいわ。取っていただける？」

「女王様の思し召しのままに」

執事のように大仰に一礼したライナスは、大きな花の飾られた金魚鉢のようなグラスを持ち、ストローをデッキチェアに寝そべったアルネイズの赤い口元に差し出した。

サングラスの下の赤い口紅の塗られた官能的な唇を開いたアルネイズは、ストローを咥《くわ》えて一口飲む。

「あらあら、あの子たちったらはしたない」

アルネイズの視線を追うと、ビーチにはまだ十人ほどの踊り子たちが残っていた。しかし、いずれもミリアにビーチバレーで負けたらしく、ブラを外している。

すなわち、おっぱい丸出しで、ビーチバレーに興じているのだ。

「次負けたやつは、パンツを脱いでもらうよ」

舞台裏は戦場と同じで、大急ぎで着替えねばならないことも多く、乳房丸出しで動き回るのはよくあることである。その様子をライナスに何度も目撃されているだけに、いまさらという感覚なのだろう。みな恥じらう素振りもない。

おかげで王室御用達の砂浜が、すっかりヌーディストビーチだ。

「あぁ、なんて贅沢な一時かしら？」

解放感に酔い痴れたアルネイズは、デッキチェアに寝そべったまま魅惑的な右足を軽くあげる。

「マッサージしてくださる」

「承知いたしました」

　座長の要望に応えて、ライナスは余ったサンオイルをたっぷりと手に掬《すく》い、アルネイズが差し出した美脚を、赤いペディキュアの塗られたつま先から足の裏、踵《かかと》、足首、脹脛《ふくらはぎ》、膝、太腿。そして、内腿の太い筋を撫で上げ、黒いビキニパンツに包まれたビキニラインまで撫でてやる。

「ああ」

　アルネイズが官能的な吐息をつく。

　ついで左足も同じようにマッサージを繰り返し、わざとビキニのギリギリのラインを撫でてから引き締まった下腹部に指を置く。

　まん丸の臍《へそ》のあるくびれた腹部、黒いビキニトップに包まれた下乳から腋の下、丸い肩、二の腕、首筋、小手、掌から指の間まで、つーと隅々までオイルを塗ってやる。

　初対面のときの風呂場とは逆だ。ライナスが、アルネイズの全身を撫でまわす。

「あ、ああ……うん……」

　自分の男に全身を撫でまわされる。それもオイルでトロトロの触感だ。気持ちよくなるな、というほうが無理な状況ではあろう。

　すっかり寛いでいるアルネイズの耳元で、ライナスがからかってやる。

「こらこら、乳首が立っているのが、水着越しにもわかるぞ」

「もう、やめてよ……」

この場合の「やめて」は、「もっとやって」というおねだりと同じだ。

ライナスは水着の布地越しに乳首を押してやった。

「あん」

人差し指と中指の狭間で、布越しに乳首を摘まみ上げクイクイと扱いてやる。

さらに左手を下半身に下ろし、ビキニパンツの上から鼠径部をなぞる。

「乳首だけでなく、ここもずいぶんと突起しているな？」

「そ、そこは……」

布越しにクリトリスを弄られたアルネイズは、恥ずかしそうに下半身をくねらせる。

その耳元で、ライナスはさらにからかってやった。

「こんなに爽やかで綺麗な海辺で、クリトリスを大きくしてしまうような恥ずかしい女はまさかいないよな」

「あ、あなたがあたくしの気持ちいいところばかり、い、じる、から……あ、あっ、あっ、あ……」

ビーチにはまだ部下の踊り子たちがいる。彼女たちに気づかれまいと、アルネイズは必死に喘ぎ声を我慢した。

旅をするようになって、ライナスとアルネイズはごく当たり前に、何度も褥を共にしている。

おかげで彼女の性感帯は、すべて把握するところになっていた。

頃合いを見計らって、布越しに突起した陰核を引っ張り上げる。

「ひぃぃぃぃ！！！」

必死に耐えていた淑女は、蟹股開きで無様に腰を突き上げながら絶頂してしまった。

プシュッ……じょぉぉぉぉ〜〜〜。

黒ビキニから熱い液体が噴き出し、白い砂浜に浴びせられる。

「あ、あ〜〜〜」

陰核を解放されても、アルネイズは気の抜けた声を出して惚けている。

その股間からトロトロの液体を掬い上げたライナスは、アルネイズの眼前に翳してやった。

「このヌルヌルはオイルではないな」

「もう、いけず……」

含羞を噛《か》みしめたアルネイズは、接吻をねだってきたので、ライナスは応じてやる。

「う、うむ、ふむ……」

アルネイズは右手で、ライナスの頭を抱いて夢中になって唇を吸ってくる。

これが二人っきりの空間であったなら、このまま燃えるような情交に突入するところだろうが、真っ昼間のビーチではこれが限界だ。

(これでこいつも結構、かわいい女なんだよな)

若い女の身で、新しい劇団を立ち上げて切り盛りしているのだ。気が休まることがないのだろう。

唯一の息抜きが、男との情事だと思えば、楽しませてやりたいと思う。

そこに浜辺をつんざく大声が割って入る。

「あああぁぁぁ!!!」

雄叫びをあげたミリアが、白い砂を蹴りあげながら物凄い勢いで駆け寄ってきた。そして、ライナスとアルネイズの前で両手を腰に当て仁王立ちする。

「ライナス。アルネイズと浮気しているのは気づいていたけど、さすがにあたしの前でやるのは恋人としてのルール違反じゃないかな?」

「恋人?」

接吻を中断したアルネイズの形のいい眉がピクンと跳ねる。

「ライナスはあたしの男だよ」

腰に両手をやって胸を張るミリアに、口元に手の甲をあてがったアルネイズは高笑いで応じる。

「おーほほほ、小娘がちょっと遊ばれたからってなにを勘違いしているんだか。若い子は若い子で遊んでなさい」

「オバサンが無理してもダメだよ。男は若い女のほうが好きなんだから」

「はぁ？　なんですって」

ライナスの目の前で、ミリアとアルネイズの目が正対する。

常夏のビーチで、ライナスは寒気を感じた。

「お、おい、落ち着けって」

仲裁を試みようとするライナスを、アルネイズが睨む。

「あなたから言ってやって」

「そうだよライナス。あたしのほうが本命だよね」

「えっ⁉」

戸惑うライナスに、二人は顔を近づける。

「どっち！」

「いや、どっちと言われてもな」

生涯独身で過ごすと思っていた男である。結婚願望など抱いたことがなく、女に本気になったこともなかった。

アルネイズにせよ、ミリアにせよ、お互い割り切った遊びだと思っていただけに、鍔迫り合いをする彼女たちを前に、困ってしまう。

そこにトップレスの踊り子たちが押し寄せてきた。

「あ〜あ、ついに修羅場っちゃったね」

「うんうん、いつかこうなるとは思ったのよ」

「二股だなんて、大人の男はやることが汚いですわ」

トップレスの女たちは腕組みをして、したり顔で頷き合う。

「いや、俺が悪いのは……自覚しているが……」

困惑するライナスの背後から、トップレスの踊り子が抱き着く。

「こういうときこそ、男の器量の見せどころですよ。ライナスさん」

「嫉妬に狂っている女を落ち着かせるには、一つしか方法はありませんよ。……すなわち、イカせまくる」

「協力しますわ」

明らかに面白がっているトップレス美女たちが、いがみ合うミリアとアルネイズに襲い掛かった。

「ちょ、ちょっとあなたたちやめなさい」

「あ、こら、ブラを取るのは罰ゲーム。あたしは負けてないぞ」

「うわ、姐さんもう漏らしちゃっているじゃないですか。パンツビショビショ」

ライナスの眼下で、アルネイズとミリアは踊り子たちによって水着を脱がされてしまった。

デッキチェアに並んで押し込まれてしまったアルネイズとミリアの裸体に、踊り子たちは歓声をあげる。

「うわ、二人とも同じ女として嫉妬しちゃうほど魅力的♪」

踊り子たちの感想に、ライナスも同意である。

健康的な飴色の肌をしたミリアと、白い真珠のような肌をしたアルネイズ。

金色の陰毛を無造作に生やしたミリアと、黒い艶やかな陰毛をハート形に整えたアルネイズ。

若く健康的で、いざとなったら爆発的な動きをするミリアの肢体と、女として美しい盛りであり、美容に最大限の気を使っているからこそあり得る美しさのアルネイズの肢体。

なにもかも対照的な二人だが、男を魅了するという意味では同じだ。

その二つの美体が、踊り子たちの無数の手によって押さえつけられ、乳房を揉み解され、陰部を撫でられる。

「うふふ」

トップレスの踊り子たちは、ライナスにも寄ってきて、海水パンツを脱がせてしまう。

ブルンッと跳ね上がる男根を見て、歓声をあげる。

「うわ、えっぐ、こんなぶっとくて大きなちんちんでズボズボされたら、そりゃ、アルネイズ姐さんも、ミリアさんも牝に堕ちますわ」

トップレスの踊り子たちが、ミリアやアルネイズに見せつけるように、悪戯っぽい笑みとともにライナスの男根に触れてくる。

「あ、そのおちんちんはあたしのだよ。触るな」

「あたくしのよ。あたくしのおちんちんよ」

ミリアとアルネイズは怒るが、踊り子たちに押さえられて動けない。

悪戯っぽい笑みで応じた踊り子二人は、ライナスの逸物に左右から卑猥に舌を伸ばして舐めてきた。

それに怒り狂ったアルネイズとミリアは身を起こそうとするも、左右の乳首と陰部を舐められて悶絶してしまう。

「あ、こら、おっぱい吸うな」

「や、やめなさい、あぁん」

どの踊り子も抜群の美貌にプロポーション。当然モテモテであり、性体験も豊富なのだろう。

同性の乳首を舐める仕草も堂に入っている。

自分の女たちが、同性たちに愛撫され、悶絶しているさまを眼下に見ていたライナスは、たまらなくなった。

「わかった。二人ともわからせてやろう」

エイミーやミランダといった子供たちの前ではできないが、この場にいるのは自他共に認める淫乱痴女ばかりだ。

卑猥に男根を舐めていた踊り子二人の頭を撫でて退かせたライナスが進み出ると、踊り子たちは場所をあけて歓声をあげる。

「うふふ、さて、見せてもらいましょうか。我らが座長と女勇者様を夢中にさせるおちんぽさまの威力を」

四方からトップレスの美女たちに興味津々に見られているのは落ち着かないが、覚悟を決めたライナスは、改めてミリアとアルネイズを見比べる。

身長はアルネイズのほうが高い。乳房もまたアルネイズのほうが大きい。しかし、アルネイズの乳房はいかにも柔らかそうで、仰向けになっているとアイスのように蕩け流れてしまっているのに対して、ミリアの乳房は仰向けであってもまったく型崩れせずに盛り上がっている。

ついで女性器を見比べてしまう。

黒いハート形の陰毛と、金色の一房の陰毛に彩られたそれぞれの肉裂の左右に人差し指と中指をあてがい、くぱぁと開く。

二人ともライナスの情婦とはいえ、こんな南国の燦燦と降り注ぐ陽光の下でじっくりと観察したことはない。

「ああ、若い娘と見比べられて、晒し者にされるだなんて……」

アルネイズは羞恥に震えながらも、勝負から逃げるわけにはいかないといった悲壮な雰囲気で耐える。

しかし、女にとって被虐というのは性感を高める媚薬の一つでもあるのだろう。酔っぱらったような気持ちよさそうな表情になっている。

「ふふん、ぼくのオ○ンコのほうが綺麗でしょ」

ミリアもまた頬を染めこそしているが、くぱぁをしながらどや顔をしている。

アルネイズの女性器はワインレッド色をしていて、小陰唇《しょういんしん》は灰色がかっていた。そして、小豆のような陰核が縦長に伸びている。

ミリアの女性器は、綺麗なピンク色だ。厚みのある小陰唇の中で、膣穴はぽっかりと開いている。陰核はまん丸で、半分ほど包皮に包まれた仮性包茎だ。

指マンでイかせた直後だけあって、アルネイズの女性器のほうがトロットロに蜜を垂れ流している。

「うん、これはアルネイズ姐さんのオ◯ンコから入れるべきだね。はい。ライナスさん」

踊り子たちがアルネイズの陰唇どころか、膣穴まで豪快に開いて、ライナスを促す。

「あ、ああ……」

周りに流されるままにライナスは、トロトロに蜜を垂れ流していた膣穴に男根をぶち込む。

「あん」

アルネイズは嬉しそうにライナスの肩を抱く。

「あ、ずるい」

抗議の声をあげるミリアを、周囲の踊り子たちが愛撫しながらなだめる。

「焦《あせ》らない焦らない。順番よ、順番」

「もう、仕方ないな。あん、あん、あん」

美しい踊り子たちの愛撫を受けて悶絶しているミリアを横目に見ながら、ライナスはアルネイズの膣洞を掘削する。

「あん、あん、あん……」

すでに勝手知ったる女だ。アルネイズを感じさせ、絶頂させる方法は心得ている。

(いつも通り、気持ちいいオ◯ンコだ。いや、いつもよりも反応がいいな)

恋敵であるミリアが傍にいるということもあるだろうが、それ以上に周囲にいる部下たちの視線を意識しているようだ。

踊り子たちは、四方から身を乗り出す。

「うわ、アルネイズ姐さんの男にやられた顔、はじめてみちゃった」

「そりゃ、そうでしょ。セックスのときの表情なんて普通見られないわよ」

「あはは、姐さんの顔、どんどん崩れてきた。絶世の美女も男に子宮をズンズンやられているときは台無しね」

部下たちの容赦ない言葉責めに耐えかねたアルネイズは、両手で顔を覆う。

「ああん、みないでぇぇ」

座長としての威厳が台無しである。

しかし、膣洞はキュンキュンと締まった。

「もう、姐さんったらかわいい」

「お手伝いしてあげたくなっちゃう」

踊り子たちはアルネイズの両手を掴み万歳させると、アヘ顔を晒させながら、乳房を揉み、乳首を舐め、腋の下を舐めた。

「ああん、こんなのダメェエエエ」

女は好きな男の男根を入れられただけで十分に楽しめる生き物である。それなのに同性、しかも、性に長《た》けた女たちが無数に愛撫してくるのだ。いかにアルネイズが性の達人であろうと、耐えられる許容範囲を超えてしまったのだろう。

泣きながら口を開き、濡れた赤い舌を出し、涎を噴きながら悶絶してしまった。

ライナスの左右の肩にトップレスの踊り子たちが、自慢の乳房を押し付けてきて、無責任に煽る。

「ほらほら、ライナスさん。アルネイズ姐さんだけ満足させるんじゃ問題の解決にならないわよ。ミリアさんのオ◯ンコも満足させないと」

「くっ」

観客の指示に従ってライナスは、いきり立つ男根をアルネイズの膣穴から引き抜いた。

「いや～～～」

満足する前にいきり立った男根を抜かれるのは女にとって、もっとも切ないことだろう。

アルネイズは無様に腰を掲げて、クイクイと空腰を使ってしまう。

「あは、アルネイズ姐さんも女だったんですね。惚れた男のおちんちんには勝てない」

踊り子たちがなだめるように、アルネイズに愛撫する。

その右手では、ミリアの両足が踊り子たちによって開かれていた。

「さぁ、今度はこっち」

踊り子さんたちに操られ、ライナスの逸物はミリアの体内に入った。

(あ、やばい、気持ちいい)

アルネイズのしっとり絡みつく襞肉とは違い、ミリアの膣洞はザラザラでぎゅっと締まる。

ミリアにせよ、アルネイズにせよ、どちらもいい女であり、いつもはどちらか一方とやっているだけで十分に満足していた。

しかし、二人を交互に味わうことで違いがわかり、一層の愉悦となってしまう。

「ひぃ、ひぃ、ひぃ、これらめぇぇ」

「ミリアさんも気持ちよさそう。どんな女勇者様もおちんぽさまには勝てないんですねぇ」

ライナスは周囲の踊り子に操られるがままに、二つの蜜壺を交互に行き来した。

「あは、すご〜い、あのかわいいエイミーちゃんのパパが、こんな野獣だったなんて」

左右に侍っていた踊り子たちが、ライナスの唇を交互に奪ってきた。

ミリアとアルネイズへの愛撫は、踊り子たちがやってくれている。おかげで手持ち無沙汰であったライナスは、踊り子たちの乳房を揉みしだき、接吻を繰り返した。

それでいて下半身では、腰をひたすらに動かし、ミリアとアルネイズを交互に突きまわす。

「こんなの、もうダメぇぇぇぇ」

「イク、イク、イク、イっちゃう〜〜〜」

同性の痴女たちによる容赦のない全身愛撫と、交互に叩き込まれる男根の衝撃に、アルネイズもミリアもイキっぱなしの状態に入ってしまったようだ。

トロトロの肉襞と、ザラザラの肉襞が男根にキュッキュッと絡みついて、射精を促してくる。

「くっ」

小娘たちの言いなりになるのも癪で、襲い来る射精欲求に必死に耐えていたライナスであったが、男の意地などあっという間に溶かされる。

「うおおお」

左右のおっぱいを握りしめながらライナスは、青空に吠えた。

ドビュドビュドビュ……

「あああああん！」

「ひぃあああああ！」

デッキチェアに並んだアルネイズとミリアは同時に激しく身悶えた。

「うわ、すご〜い、二人同時にイかせちゃった」

二人仲良く脱力したアルネイズとミリアを見て、踊り子たちは感嘆する。

「ふぅ」

ライナスもまた、やり切ったという安堵《あんど》の溜息をつく。

しかし、ことはそれで終わりではなかった。

トップレスの踊り子さんたちが、みな次々と水着のボトムまで脱ぎ捨てる。

「こんなの見せられたら、我慢できないわ。ライナスさん、わたしにもおちんちんちょうだい」

「わたしもわたしも」

十人あまりの素っ裸な美女に押し倒されてライナスは、慌てて叫ぶ。

「いや、おまえらなら男に不自由してないだろ」

「そりゃ、わたしたちモテますけど。旅の空で男作るの大変なのよ」

「そうそう、安心して性処理してくれる男って貴重なの。だからお願い」

なお躊躇うライナスに、踊り子たちはニヤニヤ顔で男根を弄る。

「もちろん、エイミーちゃんには内緒にしておいてあげる。パパがアルネイズ姐さんとミリアお姉ちゃんを同時にコマしているスケコマシのヤリチン野郎だなんて、絶対に言わないから♪」

「……」

完全に脅しである。

「おまえらな……。わかりました。喜んでやらせていただきます」

美しいビーチで、ライナスは十人あまりの美しい踊り子たちの性処理を行った。

※

「買い物は楽しかったか？」

「うん」

ライナスとエイミーは、世間的には親子ということになっている。

そのため、いつも当たり前に相部屋が用意された。

その日も、夜、ホテルの食堂で食事を取り、同じ部屋に戻る。

エイミーは、いつものように就寝前にシャワーを浴びに行った。

「明日はこの国を出て、エトルリアに向かう。そこからサブリナを経て、オルシーニ王国に行くそうだ。オルシーニ王国はいまこの世界でもっとも安定して豊かな国だと言われているぞ」

ライナスが旅支度を整えていると、バスルームからエイミーが出てきた。

「あの……ライナス」

エイミーの妙に不安そうな声に戸惑いながらライナスは顔をあげる。

「なんだ……ぶっ」

風呂上がりのエイミーの姿を見て、ライナスは噴いてしまった。

なんと真っ赤なレース付きのブラジャー、ショーツ、ガーターベルト、ストッキング、その上にベビードールを羽織っていた。

顔には舞台のときほどではないが、うっすらと化粧までしている。

よく見ると、いずれの生地もスケスケだ。胸パッドはつけてないようで、薄胸元に小粒の乳首が透けて見えた。

「ど、どうかな？　似合う？」

薄暗い灯の下、頬を赤らめたエイミーはベビードールの裾を両手で持つと、左右に開いてめくりあげた。半透明なセクシーなショーツを晒す。

透ける布越しに、薄い陰毛とマンスジが覗いていた。

似合うか似合わないか、という意味なら似合うと答えるべきだろう。

男の理性を破壊するには十分すぎる艶姿《あですがた》だ。

こんなセクシー下着姿の美少女が、夜独りで男のいる寝室に現れたら、犯されても文句は言えない。

ライナスがそうならなかったのは、昼間ビーチで踊り子美女軍団によってすっからかんになるまで絞りとられていたからだ。

大きく息を吐いたライナスは、努めて冷静に口を開く。

「娼婦じゃないんだから、そういう破廉恥な下着はやめなさい」

ピク
エイミーの頬が引きつる。

友達と買い物を楽しんでいるうちに、悪乗りして買ってきたのだろう。

(俺はこいつの保護者だからな。親代わりとして注意すべきは注意しないと)

ライナスは噛んで含むように言い聞かせる。

「そういう下着は、おまえには十年早い」

頬を膨らませたエイミーは、顔を背ける。

「わたしがどんな下着をつけようと、ライナスには関係ないでしょ」

「いや、ある。俺はおまえの親代わりだ。劇団との旅興行は楽しかったが、おまえに悪影響があるなら、劇団を離れなくてはならないな」

「別にわたしはライナスを親だなんて思ってない。ライナスのバカ！」

逆ギレしたエイミーは、そのまま布団に入って横になってしまった。

「あ、こら、まだ話は終わってないぞ」

「……」

ライナスが呼びかけても、背を向けたエイミーは聞く耳を持ってくれない。

エイミーがこんなに感情をあらわにしたのは初めてのことである。それだけにライナスは困惑した。

（あー、もう、小娘が色気づきやがって。年ごろの娘って面倒臭いな）

頭を掻いたライナスは、自分も寝ることにした。

第五章　燦爛の歌

「今度の国はイシュタール王国か」

シルバーナ王国を出た一行は、翡翠海の盟主とも呼ばれるエトルリア王国から北上、穀倉地帯のサブリナ王国を経て、魔法鉱物を産出し、世界でもっとも平和で豊かだと言われるオルシーニ王国に入って公演した。

そこからリュミネー川を下って、『森と湖の国』と呼ばれるイシュタール王国に入る。

「知っている？」

ミリアに質問されたライナスは肩を竦める。

「いや、西国は小さい国がたくさんあるからな」

「あたしも、独り旅だったらとてもここまで来なかったと思うな」

超大国ラルフィント王国で生まれ育ったミリアからすると、ど辺境に来た気分だろう。

二人の会話にアルネイズが入ってくる。

「イシュタール王国はあたしたち芸能をやっている者にとってはちょっと有名な国よ。筆頭貴族のクリームヒルト家っていうのがね、文化芸術に理解があって、文化人のパトロン的な存在なのよ」

「へぇ〜」

初めての知識にライナスとミリアは素直に感心した。

「森の国というから、シュルビー王国みたいかと思ったけど、ぜんぜん違うね」

あたりを興味深そうに見渡して呟いたのはエイミーだ。

「そうだな。シュルビー王国は山国で大木が多かったが、ここは平野部のせいかどの木もヤワそうだ」

「うん、綺麗な湖とかいっぱいあって、森に妖精が出てきそう」

風光明媚な景観に、エイミーは詩心を刺激されるようである。

西国の王家は何重もの婚姻を繰り返しているため、親戚付き合いが多く、そのため小競り合いこそあっても、本格的な潰し合いがなく平和であるらしい。

「ラルフィント王国とはまったく逆だね。うちの偉いさんたちは親戚同士で骨肉の争いをしているからなぁ」

故郷との違いにミリアは溜息をつく。

そんな雑談をしながら、イシュタール王国の首都ゼピュロアに入った『愛と情熱の舞踏団』一座が城下で公演を始めると、さっそく話題のクリームヒルト家に招待された。

「おお、さすが芸術に理解のある大貴族様。すごい劇場を持っているな」

規模としては大きくはなくとも、行き届いた施設である。

ライナスの故郷であるシュルビー王国とそう人口の変わらない国だと思うのだが、経済力はこちらのほうが上だと見せつけられた気分だ。

「ここで公演することは、あたくしたちにとっては一つのステータスですわよ」

当初からここで公演することは、アルネイズの旅の目的の一つだったようだ。希望が叶って嬉しそうである。

さっそく公演を行った。

『ああ～、あなたはわたしを見てはくれない。それでもいいの～、わたしはあなたの傍にいられるだけで幸せなのだから～』

濃青色のドレスを纏ったエイミーが、伝統的な恋歌を情感たっぷりに歌い、それに合わせてアルネイズたち舞姫が華やかに踊り狂う。

ここまではいつものことだったのだが、舞台袖に戻ってきた踊り子たちが着替えながら騒ぎだした。

「ねぇ、見た？　見た？」

「うん、見た。さすがにすごかった」

おっぱい丸出しのまま興奮気味に感想を言いあっている踊り子たちを見かねて、ライナスが注意する。

「どうしたんだ。まだ公演中だぞ」

「貴賓席にいるの！　話題の世界一の美女！」

「世界一の美女⁉」

頓狂の声をあげたライナスの表情は、胡散《うさん》臭い話を聞いたといったものになってしまった。

「各国の社交界で何度も噂に聞いたでしょ。世界一の美女は、イシュタール王妃グロリアーナだって」

「あ、それ、あたしも聞いたことがある」

劇団の護衛役とはいえ、貴族の屋敷内ではやることがなく、暇を持て余していたミリアが口を挟む。

「そういえば俺も、何度か聞いたな」

とはいえ、美女の基準もさまざまだ。

別に美人コンテストが行われたわけではないのだから、たぶん恣意的なものだろう。

おそらく、本当に美人なのだろうが、王妃ということで下駄を履かせた話が各国に伝播しているのだろうと、気にも留めていなかった。

なにせ、単純な美女というだけなら見慣れている。劇団に所属する踊り子たちはいずれもその美貌とスタイルで、観客を魅了しているのだ。

しかし、そんな彼女たちが興奮しているというのは、たしかにただ事ではない。

「見に行こう、見に行こう」

「仕方ないな」

自分では興味のないつもりであったライナスだが、好奇心を刺激されたミリアに引きずられて、舞台袖から観客席を覗く。

(果たして、どれほどのものか?)

観客席の中でも特等席。いわゆる貴賓席に、そのものは腰かけていた。

クリームヒルト家の息女にして、イシュタール王妃グロリアーナ。このとき二十歳。まだ初産前だというから、まさに女としての美しい盛りだ。

豪奢な蜂蜜色の髪に、紫水晶のような瞳。磨き抜かれた大理石のような白い肌。造形美として完璧だった。

そのうえ古の女神が纏う羽衣のようなドレスを纏い、大粒の宝石の付いた髪飾りや耳飾りといった装飾品をつけた燦爛たる煌びやかさだ。

おそらく身に着けている装飾品の一つで小さな城なら買えるのではないだろうか。

その豪華な装飾品に美貌が負けていない。相乗効果をもたらしている。

「ひぃえぇぇ〜〜〜、あんな美人もいるんだね〜〜〜」

ミリアは度肝を抜かれたといった声を出す。ライナスもまったく同感だ。

(なるほど、世界一の美女とは誇大広告ではないな。町を歩いていても、絶対に出会わないタイプの美女だ)

王族の美女ということで、ついベルナールのことを思い出した。

とはいえ、まったくタイプは違う。姫騎士の装いをして、活発なところのあったベルナールとは違って、こちらはまさに「王妃の中の王妃」といった貫禄だ。

(しかし、あんな美人を嫁さんにしたら落ち着かんだろうな。ここの国王様も大変だ)

芸術品として眺めているぶんにはいいが、美人すぎて近寄りがたい。触るのも恐れ多くて、セックスするのも気が引けるだろう。

普通の男なら、もっと隙のある、かわいらしい女を好むのではないだろうか。

(まぁ、余計なお世話だがな)

舞台から観客席を鑑賞して楽しむなど本末転倒だ。観客も舞台よりも貴賓席を見て眼福としているのではないか、と不安になる。

それでも、エイミーの歌声は、目の肥えた観客たちを満足させることができたようだ。

「ご清聴、ありがとうございました」

歌い終わったエイミーが一礼し、踊り子たちも全員舞台に出て、カーテンコールを演じる。

「ブラボー」

パチパチパチパチ
拍手喝采のうちに幕は閉じる。

舞台が終われば、クリームヒルト公爵は宴を開いてくれた。

踊り子たちは、来客の皆さんと談笑する。巧みに媚を売り、酌をするさまは、まさに接客のプロだ。

「前はどちらで公演をされたのですかな?」

「オルシーニ王国から来ましたの」

このような席では、アルネイズの独壇場だ。水を得た魚のように、貴族のオジサンたちをコロコロと手玉に取っている。

「ほぉ、ケリュフェス陛下は元気にしておられたかな。なにやら王妃様と不仲だと噂だが」

「あらあら、この国の王妃様と比べたら、さすがにかわいそうですわよ。あたくしたちも

「舞台の上で色を失いましたわ」

「あはは、うちの姫様はもう、あれは別格です。子供のころから輝いていましたからな。

いや、あなたさまも十分に麗しい」

　クリームヒルト家で主催された宴席なのだから、参加しているのはクリームヒルト家の関係者ばかりなのだろう。自家の姫様を褒められてみな嬉しそうだ。

　貴族の連中が、旅芸人と交友するのは、単なる遊びや息抜きではない。むろん、それが一番の目的だろうが、副次効果として各国の情報を仕入れる。そして、自国の情報を他国に流すというのも大切な作業だ。

　騎士であったライナスは、社交界で活躍する立場ではなかったが、警備兵として何度も立ち会っているから、その重要性はよく弁えている。

　裕福だと噂が流れれば、戦争を仕掛けられるリスクは減るだろうし、交易にやってくる商人も増える。

　美女の踊り舞う歌劇を見に来たのだ。おもな客は紳士であったが、中には夫に伴われた貴婦人もいる。

　鼻の下を伸ばした夫に呆れる老婦人たちと雑談して、機嫌を取るのもライナスの役目だ。

「エイミーちゃんは若いのに、素晴らしい技量をお持ちですね」

「あ、ありがとうございます」

舞台では即戦力のエイミーだが、ことパーティーの盛り上げ要員としてはまるで役に立たない。

普段は地味なエイミーだが、いまは舞台衣装である。

舞台映えのする派手なメイクをして、背中が大胆に開いた濃青色のセクシードレス。長い手足も大胆に晒している。

見るからにスレンダーなのに、詰め物のおかげでドレスの胸元をはちきれんばかりに膨らませていた。

その作り物の美貌と奇跡の体型に魅了された紳士たちが、鼻の下を伸ばして大勢話しかけていた。しかし、当の本人は面白くもなさそうにニコリともせずに訥々《とつとつ》と対応するのだ。

「……はい……いえ」

「いや～、クールビューティーですな」

面白味のない会話に飽きた紳士たちは、肩を竦めて退散していく。

いつもの光景である。

(こういう席での客のあしらい方を覚えるのも、歌姫として食っていくうえで大切なことなんだがな)

せめて笑顔で対応するように注意しようと、ライナスが近づく。それに気づいたエイミーはぷいっとそっぽを向いて、会場を出ていってしまった。

（ったく、まだ根に持っているのか、意外に執念深いな）

若い娘の扱いにライナスは困惑した。

※

「っ⁉」

パーティー会場を出たエイミーが、廊下を駆けて曲がろうとしたときだ。

綺麗なお姉さんとぶつかりそうになる。

「無礼者」

女性とぶつかる前に、虎の意匠の肩当てをつけた護衛の女騎士に弾き飛ばされる。

「し、失礼しました」

尻もちをつきながらも謝罪したエイミーは、見上げて絶句した。

そこには豪奢な蜂蜜色の髪をたなびかせ、古の女神が纏う羽衣のようなドレスを纏った燦爛たる煌びやかな美女がいた。

（王妃様っ⁉）

エイミーもまた観客席でひときわ目立っていた女性を覚えていた。

クリームヒルト家の息女にして、イシュタール王国の国王ローゲンハイドの妃だ。

完全に委縮してしまったエイミーを、美の化身といった淑女はマジマジと見る。

「あら、かわいい。あなたはさっきの歌姫さんね」

「……」

グロリアーナは屈みこみ、繊手を伸ばすと象牙細工のような指先でエイミーの目元の涙を拭う。

「驚かせてしまってごめんなさいね。クリスティン、あなたが脅かすから、泣いちゃったじゃない」

「申し訳ありません」

十代後半と思える実直そうな女騎士は謝罪する。

エイミーもまた慌てて謝罪した。

「いえ、わたしのほうこそ、廊下を走ってごめんなさい」

「うふふ、いいのよ。わたくしたちのほうこそ、突き飛ばしてしまってごめんなさい。お詫《わ》びにお茶でもいかがかしら？」

「え、でも……」

貴人の誘いに、エイミーは目を白黒させてしまう。

「遠慮しなくていいわ。わたくし、あなたの歌のファンなの。推しの方とお近づきになりたいわ」

「あ、ありがとうございます」

貴族の方たちとも上手く会話できなかったのに、王妃となにを会話していいかわからない。

しかし、貴人の誘いを無下に断ることができず、エイミーは女王様の私室にまでついていってしまった。

「さぁ、遠慮なく座って」

勧められた椅子に座ったエイミーは、おっかなびっくりあたりを見渡す。

(ここが王妃様の部屋なんだ)

旅の間、さまざまな王宮に出入りした。だから、豪華な部屋というのは、何度か見たことがある。

そんな記憶にある部屋の中でも、もっともセンスがいい部屋というならばここかもしれない。

グロリアーナは向かいの席に、ゆったりと脚を組んで座る。

ドレスの胸元から大きな乳房がこぼれ落ちそうだ。スカートの裾が捲れて長い脚が根本近くまで覗く。

(近くで見ると、ほんとすっごい美人……)

すっかり借りてきた猫のように委縮しているエイミーの前に、ソーサーに置かれた紅茶がだされる。

淹れたのは、エイミーと同世代っぽい赤いメイド服を着た少女だった。

「ありがとう。さあ、冷めないうちにどうぞ。うちのルイーズは紅茶を淹れるのがとっても上手なのよ。紅茶が好きすぎて、ほらメイド服まで赤いの」

「え」

エイミーに変わった人という目で見られた少女が、澄ました顔で応じる。

「違います。そういう冗談はやめてください。お客人が本気にしてしまうでしょう」

「うふふ、そうだったかしら?」

くすくす笑ったあとグロリアーナは、エイミーに水を向ける。

「想っても想っても、気づいてもらえない女の切ない恋の歌、よかったわ」

「あ、ありがとうございます」

「実体験はあるの?」

エイミーは赤面して俯《うつむ》く。

「……」

「思い入れだけで、あの世界観は作れないわよね。なにかあるんでしょ？」

「いえ、そんな王妃殿下に語るようなことはなにも」

恐縮するエイミーの手を、グロリアーナは手に取る。

「なんでもおっしゃい。わたくし、かわいい子の味方よ」

グロリアーナは右手を伸ばすと、エイミーの顎を軽く掴む。

くいっと顎をあげさせられたエイミーの瞳を、紫水晶のような双眸が覗く。

まるで魔女に魅了の魔法でもかけられたかのように、エイミーの頬は赤らみ、心臓は高鳴った。

同性愛の資質などまったくなかったはずのエイミーだが、いまグロリアーナに押し倒されたら、なんの抵抗もせずにあっさりと貞操を差し出してしまいそうだ。

悠揚迫らざる迫力と巧みな話術に乗せられて、気が付いたときには、『単眼の巨人神』神殿で育ったこと、そこに演奏にくるライナスを知ったこと、シュルビー王国が滅んだときのこと、そして、廃墟から一緒に脱出し、歌姫となるべく旅をしてきたことを洗いざらい白状してしまっていた。

「うふふ、素敵ね。可憐《かれん》なる歌姫と亡国の騎士の恋物語。ロマンティック。そんな体験したら惚れちゃって当然よね」

「そ、そんな……わたし子供で、ぜんぜん相手にしてもらえない……」

エイミーの呟きに、グロリアーナは首を横に振るう。

「わたくしは生まれたときから婚約者がいたもの。だから、あなたの歌劇のような恋物語、羨ましいわ」

国王の妻になることが宿命づけられた存在。人間とは高貴な生まれであればあるほどに、人生の選択肢は狭くなるらしい。

地位も美貌も財力も、すべてを持っている女性に、羨ましいなどと言われてエイミーは恐縮するしかない。

「だから、応援してあげたくなっちゃう」

グロリアーナは席を立つと、エイミーを部屋の中央にあった長椅子に連れていき座らせた。そして、そのすぐ横に自らも腰を下ろす。

「お、王妃様……」

驚くエイミーの細い肩に右手をまわしたグロリアーナは、左手の人差し指を一本立てて、軽くウインクする。

「うふふ、乙女心のわからない朴念仁には少しお灸を据えてあげましょうね」

口角を吊り上げた笑みは、意地悪そうなのにとても魅惑的だ。

完全に魅せられてしまったエイミーは、周囲にいた王妃様の側近たちが微妙な表情をしていることに気づかなかった。

※
「失礼、ライナス殿でしょうか」

宴の席で談笑していたライナスのもとに、虎の意匠の付いた肩当てをつけた年若い女騎士が寄ってきた。

女ながら身のこなしが只者ではない。思わず半身に構える。

「ああ、そうだが……」

「クリームヒルト家の家人でクリスティンと申します。娘さんのことで、王妃殿下がお呼びです。ご同道願います」

「わかった」

出資者の呼び出しを断るわけにはいかない。

(エイミーのやつ、会場にいないと思ったら、なにしているんだ?)

なにか厄介事だろうか。緊張しながら女騎士の案内に続く。

奥まった部屋に入ると、天鵞絨張りの長椅子にくだんの王妃様がゆったりと腰を掛けていた。

神話に登場する美の女神がそのまま顕現《けんげん》したかのような風格だ。

その傍らで彼女の象牙細工のような腕で肩を抱かれたエイミーは、いまだ舞台衣装のまま緊張した顔で固まっていた。

エイミーはよく天使に例えられる。実際、舞台装束は天使を想起させるものが選ばれているのだろう。しかし、所詮、天使は女神の従者に過ぎない。そう思い知らされる構図であった。

「あなたがライナス。エイミーちゃんのパパかしら？」

「御意。ご尊顔を拝して恐縮です。娘がなにか粗相《そそう》をいたしましたか？」

恐懼するライナスに、グロリアーナはエイミーの強張った頬を撫でながら、長い睫に縁どられた目の奥の紫水晶の瞳で流し目を寄こす。

「あなたに折り入ってお願いがあるの」

「王妃殿下のお願いならば可能な限り御用だてするつもりですが……」

警戒するライナスに、グロリアーナは計算されたかのような美しい笑みを送る。

「そう言ってもらえると嬉しいわ。実はわたくしのパパが、年甲斐もなくエイミーちゃんのことをいたく気に入ったんですって。だから、今宵は個人的にご招待したいそうなの」

「えっ」

後頭部を鈍器で殴られたかのような衝撃を受けて、ライナスは目を剥いた。

「そ、それは……」

その誘いがなにを意味しているか、わからないほどライナスは世間知らずではなかった。

右手でエイミーを抱きかかえたままグロリアーナは、長い脚を組み替える。薄いスカートの裾から大理石作りのような太腿が覗き、その最深部が見えそうでライナスは目を逸らす。

「お駄賃は十分に出すそうよ」

全身から脂汗を流しながらライナスは、必死に抗弁を試みる。

「し、しかし、なにぶん娘はまだ子供でして、その……十分にご奉仕できるとは思えず、その手の上手は我が劇団には多数おり、そちらを呼ばれたほうがご当主に置かれましては楽しまれるのでは……」

「そうね。エイミーちゃん、オボコっぽいものね。こんなかわいい生娘《きむすめ》が醜悪な老人の褥に侍るというのはかわいそうね。わたくし、エイミーちゃんの歌声、すっごく気に入ったの」

「あ、ありがとうございます」

安堵の表情を浮かべるライナスを、グロリアーナは三白眼で見下ろす。

「だ・か・ら、わたくしが間に入って、公演料を倍増するように働きかけてあげるわよ」

「そ、それはありがたい申し出です。で、ですが……」

頑張ってもらいたい方向性が違う。慌てて修正をお願いしようとするライナスの前で、グロリアーナは長椅子からすっと立ち上がった。

驚くライナスを見下ろしつつ、グロリアーナは冷たく言い放つ。

「わたくしのパパに恥を掻かせようというのかしら？　このイシュタール王国で比類なき名門。権勢並ぶ者なき大貴族。そして、あなたたち文化人にだれよりも出資しているよき理解者よ」

「……」

目に見えない圧が、ライナスの肩にズンと乗った。

美しい女性の怒り顔は本当に恐ろしい。蛇に睨まれた蛙のようにライナスが硬直していると、グロリアーナは口元を緩めた。

「すぐに結論を出すのは難しそうね。一刻あげる。その間に父子でよく話し合いなさい」

そう言い残したグロリアーナは、エイミーの肩を優しく叩いてから、部屋を出ていった。

お付きの侍女や女騎士も続く。

広い室内に、ライナスとエイミーが残った。

「……」

重苦しい空気の中、とりあえずの緊張感から解放されたライナスは首を横に振るいながら溜息をつく。

「まったく、いつかこういうことを言ってくるやつがいるとは思っていた……」

椅子に座っていたエイミーが訥々と口を開く。

「ご当主様がわたしの歌を気に入ってくれたというのなら、歌いに行きます……」

「ちょっとまて！」

エイミーの決断に、ライナスは思わず叫ぶ。

「おまえ個人的に呼ばれるという意味がわかっているのか」

血相を変えるライナスに、エイミーは平然と答える。

「姐さんたちがたまにやっていることでしょ」

「……」

ライナスは息を飲む。

公演のあと、貴族たちに誘われて、夜伽の供をするのはよくあることだ。今夜も約束を取りつけた者は何人もいるのだろう。

売春ではない。あくまでも自由恋愛という形だが、行為のあとには下手な高級娼婦よりも高額なチップをぼったくってくる場合が大半だ。

「い、いや、だから、あいつらがなにをしているのか、おまえはわかってない」

「お金をいっぱいもらえるんでしょ。特に今回、わたしに提示された金額は破格なんでしょ」

「いや、そ、そうだけど……だから、そんな大金が提示されるからには相応の対価が求められるわけで……」

純真無垢な少女に事実を言いづらい。

言葉を探すライナスに、エイミーは平気で告げる。

「知っている。一夜限りの夜伽を求められるのでしょう」

子供だとばかり思っていた娘が、そこまで把握しているとは思わずライナスは慌てる。

「そ、そうなんだよ。生娘のおまえがやるようなことじゃない」

「相手は大貴族様。若いころから女に不自由はしてないでしょ。きっと優しくしてくれるわ。初めての相手としては最適だと思う」

「いや、そういうことじゃなくて。ちょっと落ち着け」

明らかに動揺しまくっているライナスが、椅子に座っているエイミーの両肩を抱き必死になだめる。

「いいか、おまえは娼婦か。違うだろ。おまえは歌手になりたかったから故郷を出てここまで来た。おまえはちゃんと歌手として成長している。こんなことをしなくともやっていける。俺も手伝っているだろう」

「……ライナスはずるい」

「ずるい？」

謂れない非難に思えて、ライナスは困惑する。

「自分はミリアさんや、アルネイズさんと遊んでいるのに、わたしには遊ぶなというの？」

「いっ⁉」

まさか女性関係を、エイミーに把握されているとは思っていなかったライナスは絶句する。

言い訳の言葉が出てこず酸欠の金魚のように口を開閉させるライナスを前に、長椅子に独り腰を下ろしたエイミーは太腿をモジモジと擦り合わせる。

「わたしだってエッチしたい」

「え？」

さらに思いもかけなかった台詞を浴びせられ、反応できないライナスの顔を、エイミーは下から覗き込む。

「ライナスは、わたしに性欲がないと思っているの？」

「そ、それは、まぁ、あ、あるよな、うん」

生身の女である。ないはずがない。

理屈としてはわかる。

しかし、今の今まで考えたことがなかった。なにせみなが天使と褒めたたえる、取り澄ました人形のような美少女なのだ。

呆然としているライナスを前に、エイミーはスカートの上から股間のあたりを押さえ、赤面した顔で目を逸らしながら告白する。

「夜とか悶々として、好きな男のことを考えながらオナニーしている」

「……あ、ああ」

ライナスは言葉がない。

エイミーに性欲があるということすら考えていなかったのだ。まして、自慰をしていたなどと、想像できるはずもなかった。

それでもなんとか言葉をひねり出す。

「いや、だから、そういうことは好きな男とやればいいだろ。そう、好きな男がいるなら、

ますますやるべきじゃない

「わたしだって好きな男の人とエッチしたいよ。でも、好きな男の人がわたしのことを見てくれないんだもん。だったら、性欲だけ処理してもらえるところに行けばいい。ついでにお金もいっぱいもらえるんだし、いいことばかりじゃない」

「だ、だれだっ⁉」

顔を強張らせたライナスは、エイミーの細い両肩を掴んだ。

「え？」

「だから、おまえが好きな相手はだれだ。諦めるな。おまえは十分に魅力的だ。好きな男がいるならますますこんなことをやってはダメだ。どんな事情があるか知らないが、自棄《やけ》を起こすな。なんだったらそいつに俺が口を利いてやる」

こんなにかわいい娘に好意を寄せられながら、自暴自棄《じぼうじき》にさせるほどの心の傷を負わせた男。

（許せん。ぶっ叩いてやる。いや、返答次第では殺す）

腹をくくったライナスに向かって、肩を握られる痛みに顔を顰《ひそ》めながらエイミーは訥々と告げる。

「わたしが好きなのは……」

「ああ」

「ライナスよ」

青い瞳で真っ直ぐに見つめられたライナスは絶句する。

「……へ？」

硬直するライナスに、エイミーは自棄を起こしたように叫ぶ。

「だから、わたしはライナスが好き。ミリアさんや、アルネイズさんよりも、わたしのほうが好き。ライナスとエッチしたい。ライナスとエッチできないなら、お金に変えたほうがまし」

動揺したライナスは、エイミーの両肩から手を離して身を引く。

「いや、ちょっと落ち着け。俺はおまえの親だぞ」

「本当のお父さんじゃないもん」

「いや、たしかにそうだが。親代わりだろ」

エイミーは顔を真っ赤にして叫んだ。

「頼んでない！」

「……」

「わたしはライナスにお父さんになってほしいなんて頼んでない」

エイミーは椅子から立ち上がり、ライナスの胸に顔を埋める。

「……」

「わたしはライナスに女としてみてもらいたい。娘ではなく、女として愛してもらいたい」

娘だと思うことにしていた少女に告白されて、凡夫は混乱して立ち尽くした。

男の胸に顔を埋めていたエイミーが、顔をあげる。

(こいつ、こんな美人だったか？　……いやいや、こいつはガキだ。いまは化粧をしているから大人びて見えるだけで、本当のこいつは色気のないペチャパイ娘だ)

必死に理性を保とうとするライナスの顔を両手で挟んだエイミーが引き下ろす。そして、紅の塗られた唇が押し付けられる。

「……」

艶やかな唇が、武骨な唇を塞ぐ。

エイミーは目を閉じる。その震える睫をライナスはじっと見つめた。

長いようで短い時間が経過して、満足したらしい少女は唇を離す。

一歩離れたエイミーは、顔を俯かせ水色の頭髪で顔を隠しながら、右手の甲で口元を拭う。

「ファーストキスをライナスとできたから、わたしもう後悔ないよ。どんな狒々オヤジに処女をあげたって」

「いや、だから」

なお説得を試みようとするライナスに、エイミーは顔をあげた。その大きな目から涙があふれている。

「でも、できたら、ライナスのおちんちんで大人になりたかった」

ズキュン！

涙にくれた少女の顔を見て、ライナスは文字通り、心臓を射抜かれる気分を味わった。

本当に心臓が痛い。

硬直するライナスを前に、濃青色のパーティーグローブの指先で涙を拭ったエイミーは、その場でしゃがみ込む。そして、ズボンを下ろしにかかる。

「……」

ライナスは動けなかった。

その間に、エイミーは男根を引っ張り出すことに成功する。

小さな男性器を前に、エイミーは寂しげに呟く。

「わたしの前では大きくならないんだ……」

「え、いや、その……」

妙な罪悪感を覚えたライナスはどう返答していいかわからず、惑乱の中にいた。

一方で上目遣いになったエイミーは、ニヤリと笑う。

「わたしもう子供じゃないから、おちんちんの触り方ぐらい知っているわ」

小さく柔らかい肉棒を摘まむと、シコシコと扱きだした。

「あ、ちょっと、まて、それは……ああ」

ライナスは慌てたが、男根は男の意思とは関係なく動くものだ。濃青色のパーティーグローブに包まれた美少女の手で弄ばれたちまちのうちに隆起させてしまった。

「っ⁉」

自分の倍以上も生きており、周囲には親と思われている男の逸物を裏から見上げて、エイミーは目を点にする。

どうやら、彼女の想定を超えた出来事だったようだ。

ややあって、満足げな表情を浮かべる。

「おっきい。やっとライナスのおちんちんが、わたしの前でもおっきくなった」

いきり立つ男根を両手で包んだエイミーは、嬉しそうに頬擦りをする。

その光景にライナスは戦慄した。

天使と称えられる美しい少女の顔と、薄汚い男の淫水焼けして黒くなった男根のコントラスト。あまりの落差に、ライナスの頭はクラクラとした。

さらにシワシワの肉袋を手で掬い上げた少女は、そこに接吻しながら囁く。

「わたしね。ライナスのおちんちんにこうやってご奉仕するのが夢だったの」

そう言われたら、やめろとは言えない。

「おちんちん、舐めていい？」

「ああ……」

ライナスは言葉少なく頷いてしまった。

上目遣いのエイミーはピンク色の舌を出し、まず肉袋を舐め始めた。

ペロペロペロ……

天使のような穢れを知らぬ美少女フェイスが、嬉しそうに肉袋を舐め、睾丸を探っている。

（い、いいのか？　娘同然の子だぞ。それにこんなことをさせて……）

凄まじい罪悪感だ。しかし、同時にかつて感じたことのない昂りがライナスを襲う。

男の葛藤などお構いなしに、父代わりの男の睾丸二つを嬉しそうに舐め遊んでいた少女は、ついで両手で挟んだ男根の裏の縫い目を舐めあげてきた。

（うお、こいつ天使みたいな顔しながら、しっかり男を楽しませる方法を知ってやがる。ど、どこで覚えたんだ？）

動揺するライナスを他所《よそ》に、エイミーは男根をしっかり上まで舐めあげた。

そして、亀頭の先端。尿道口に水玉ができていることを発見する。

「嬉しい。おつゆが出ているってことは、ライナスも感じてくれているってことよね」

ピンク色の舌先が、男の水滴に伸びる。

（あ、やめろ。それはおまえの舌で舐めていいようなものではない）

そう訴えたかったが、ライナスは声を出せなかった。

その間に、清らかな乙女の舌先は、薄汚い欲望の汚水を掬い口内で味わう。

「うふふ、これがライナスの味なんだ。もっと味わいたい」

満足げな表情のエイミーは、小さな口唇を開き、亀頭をかぷっと咥えてしまった。そして、チューチューと吸引する。

「お、おお……」

もちろん、アルネイズやミリアのほうが男根の扱い方は上手だ。しかし、人間は感情に支配される生き物である。

自分の娘のように思っていた少女。性的なことにはまったく無縁に思えた少女が、嬉しそうに自分の汚い男根を咥え、啜っているのだ。

胸の奥でどす黒い気分と嬉しい気分が混ざり合い、グルグルする。それはかつて経験したことのない強烈《きょうれつ》な体験であった。

しかもだ。男根を咥えたエイミーは膝を開き、いわゆる蹲踞《そんきょ》の姿勢になると、濃青色のスカートをからげて純白のパンティに包まれた下半身を晒した。そして、パーティーグローブに包まれた右手を下ろすと中指で、股間のあたりをしきりと弄っている。

(オナニーしている⁉)

本人がオナニーしていると言っても実感が持てなかった。しかし、見せつけられてしまったのだ。

亀頭を小さな口に咥えて啜りながら、エイミーは一生懸命にショーツの上から鼠径部を撫でている。

純白のショーツのクロッチ部分から液体が滴り、磨き上げられた床に小さな水たまりを作った。

(こらこら、ここをどこだと思っているんだ。床を穢すな。こいつ、澄ました顔して、濡れやすい体質なんだ)

恥ずかしそうに頬を染めながら男根を咥えたエイミーは、さらに薄絹に包まれた指をショーツの中に入れてクチャクチャと卑猥な水音を立て始めた。

その光景は、男の理性を狂わせるには十分だ。

ビクン！

少女の小さな口に咥えられていた、野太い男根が脈打った。

「っ⁉」

男根の変化に気づいた少女は、目を剥く。

(もうダメだ)

目先の欲望に負けた凡夫は、娘のようにかわいく思っている少女の水色の頭髪を両手で抱き、腰を押し込む。

ズブッ
男根は天使の歌声を出す声帯に押し込まれる。

「っ」

野獣の呻き声をあげたライナスは、欲望を解放した。

ドクンッ！　ドクンッ！　ドクンッ！

「ううぅ」

喉に向かって、熱い液体を直接流し込まれたエイミーは、目を剥いて硬直する。

やがて小さくなった男根を吐き出した乙女は、激しく咳き込んだ。

「ご、ごめん。大丈夫か」

我に返ったライナスは、慌ててエイミーの背中を擦ってやる。

やがて落ち着いたエイミーは、口元を手の甲で拭いながらライナスの手を払って立ち上がった。

そして、腫物でも扱うように気を遣う男に向かって、スカートをたくし上げる。

「わたしライナスが好き。ライナスとエッチしたい。毎日、ライナスのことを思ってオナニーしているの。もう耐えられない。わたしに夜伽に行くな、と言うのなら、ライナスがわたしの性処理をして」

下半身には濃青色のタイツとガーターベルト、そして、半脱ぎとなった白いショーツがあった。しかし、いずれもびしょ濡れである。

(こ、小悪魔)

天使だと思っていた少女は、実は小悪魔だったらしい。

こんな誘惑をされては、もはや男は理性を保てなかった。

獣欲に支配されたライナスは、エイミーを抱え上げて近くの棚の上に座らせる。

ちょうどライナスの顔前にエイミーの胸元がきたので、そのドレスを開く。

「あっ」

あらわとなった濃青色のブラジャーを引き千切ると、偽乳が外れてポロリと床に落ちる。

細身のエイミーは、舞台衣装のときは、俗にいうパッドで底上げしているのだ。

ミリアやアルネイズの乳房より小さい。おそらく、エイミーと同世代のミランダよりも小さく、『愛と情熱の舞踏団』に所属している女の中では一番の貧乳と思われる。

薄い肩、綺麗に浮きでた鎖骨の下、白い乳房はあっさりとした膨らみであったが、先端を飾る乳首は、眩《まぶ》しいくらいに美しいピンク色だ。それがぷっくりと突起していた。

(子供だ子供だと思っていたのに、すっかり牝の体になりやがって)

乳房の大小にかかわらず、瑞々《みずみず》しい乳肉は男の理性を狂わせるものらしい。獣欲に支配されたライナスは両手を伸ばし、半球形の白い肉感を手に取った。

「んっ」

乳肉に五指をめり込ませたエイミーは、苦痛に顔を歪《ゆが》ませる。

「痛いか?」

「す、少しだけ……」

どうやらまだ成長途中の乳房は、形を変化させることに痛みを覚えるらしい。

「金で抱く男は忖度してくれないぞ」

嘯いたライナスであったが、それ以上、乳房を揉みしだくことはせずに、手を添えるだけにした。

　代わって、ぷっくりとしているピンクの乳首に舌を下ろす。

　ペロペロペロ……。

「あっ、ああ、ああ……」

　ぷっくりとした乳頭を、舌先で舐められただけでエイミーは、のけぞって悶絶する。

（まったく、性欲があるとか、オナニーしているとか、大人ぶったことを言っていたくせに、ずいぶんと敏感な乳首だな）

　内心で嘲笑しながらも、妙な安心感を覚えつつ、ライナスは左右の乳首を舐めしゃぶった。

「そ、そんな、吸われたら……ああ、なにかでる。ああ、母乳がでちゃいそう、ああっ」

　オナニーを覚えたといっても、乳首を吸われた経験はない。初めての乳首吸引体験にエイミーは耐えられなかった。

　細い背中をのけぞらして、あっさりと絶頂してしまう。

　むろん、母乳は出なかったが、代わりに魂でも出たかのように惚けた顔で、荒い呼吸をする。

「はぁ……、はぁ……、はぁ……」

「満足か？」

ライナスが頬を撫でてやると、エイミーは我に返った。

「まだダメ」

棚に座ったまま両手を長いスカートの中に入れたエイミーは、純白のショーツを抜き取った。

それから両足を広げて大開脚になると、スカートをたくし上げた。

ライナスの視線は自然と、両足の付け根に降りる。

薄い水色の陰毛が軽く萌えていた。その下にある亀裂は半開きとなり、大量の蜜をあふれさせている。

男の視線を意識した女の顔になりながら、エイミーは自ら肉裂の左右に、両の人差し指を添えて、くぱぁっと開く。

「ねぇ、見てわたしのオ◯ンコ。すっごいエッチでしょ。もう大人だよ。ライナスのおちんちんを受け入れられる」

「……」

小さな包茎クリトリスから、針で穴をあけたかのような尿道口、そして、小指も入らないような小さな膣穴までがあらわとなる。

まさに穢れを知らない天使の生殖器に相応しい繊細な女性器だった。

穢れた大人の男が見ていると、網膜を焼かれそうだ。

飴細工のような女性器には蜜がかかっており、そこをエイミーの指がほじくる。

クチュクチュクチュ……

「夜、ライナスが部屋を抜け出して、アルネイズさんや、ミリアさんの部屋に行っているとき、わたしは耳を澄まして、ライナスのやっていることを想像して、指をこうやって動かしていたの。すっごい惨めだった」

コケティッシュな表情でオナニーを見せつけてくるエイミーだが、その指は小刻みに震えている。

(まったく無理しやがって)

どう動いていいか判断を決めかねていたライナスは、覚悟を決めてエイミーの濡れた指を取った。

「こんなにドスケベな体に育ちやがって。悪い子にはお仕置きだ」

ライナスは見えざる糸に操られた人形のように、エイミーの股間に顔を近づけた。

ぷ～んとした強い刺激臭が、ライナスの鼻腔《びこう》を刺激する。いわゆる処女臭というやつだ。

清冽な天使と見まごう美貌とは裏腹な、かなりの刺激臭である。

清純派な女であればあるほど、自分の性器に触れることに抵抗を覚え、よく洗わないものらしい。

男性経験のある女のほうが、性器の扱われ方や重要性をよくわかっており、隅々まで洗っているものだ。

さらにいえば、アルネイズのような達人にいたっては香水まで撒いている。

つまり、清らかな乙女であればあるほどに、その女性器は汚いものなのだ。

ライナスが見たことのある女性器では、もっとも汚い女性器であったが、その刺激臭すら愛おしい。

興奮したライナスは、眼下の小さな包茎クリトリスを摘まんだ。

「ひぃ、そこはダメ、しびれるから……」

慌てた声を出すエイミーを、ライナスは叱る。

「クリトリスに自分で触れたこともないような小娘が、大人ぶるな」

指使いを見ただけでわかった。本当に拙《つたな》いオナニーしかしていない。クリトリスにも触れず、船底を指の腹でなぞっているだけで、罪悪感に震えオナニーした気になっていたのだろう。

ライナスはさらに、膣穴の四方に指をあてがい、容赦なく剥く。

「はぅ」

エイミーの情けない声とともに、膣穴がぽっかりと開いた。

（あの白っぽい膜が処女膜ってやつだな）

それと確認したとき、唐突に独占欲が湧いた。

エイミーの処女膜を破る男は、自分以外許せない気分になったのだ。

（しかし、まずは柔らかくほぐさないとな……）

どんな経験豊富なスケベ親父に身を任せたときよりも心地よい、最高の初体験をエイミーに与えたかった。

「おまえに本当の快楽と、男の怖さを教えてやる」

嘯いたライナスは少女の小ぶりだが、よく濡れた肉の船底に接吻した。

「あ、え、そ、そこ……ひぃあ」

だれに入れ知恵されたのか知らないが、フェラチオのことは知っていても、クンニリングスの知識はなかったようだ。

エイミーは驚き逃れようとする。

しかし、ライナスは許さない。容赦なく乙女の船底を舐めまわした。

ピチャピチャピチャ……。

ライナスの舌先は、乙女の肉船底を丁寧になぞった。

小さな完全包茎クリトリスから襞の一枚一枚までを弄り、小さな針穴のような尿道口も舐め穿った。

「あん、ああ、ライナスの舌、ああん、そんな、そんなところまで、は、恥ずかしい。でも、気持ちいい、気持ちいい、気持ちいい……」

いかに背伸びをしようと、所詮は十代の生娘。女擦れした中年男のねちっこい舌捌《さば》きには耐えられなかった。

自分では触っていなかった敏感すぎる器官を弄られ、エイミーは顔を真っ赤にして、涙目になって喘ぐ。

陰核の皮を剥かれて、中身を舐められ、吸われ、転がされ、さらには乙女の膣穴に舌をねじこまれ、処女膜まで舐められてしまったエイミーは、だらしなく半開きになった口元から、美しい喘ぎ声だけではなく、涎まで垂らしてしまっている。

(うわ、エイミーのやつ、感じるとこんな顔になるのか)

娘と思っていた少女のトロ顔に、ライナスの胸は高ぶらずにはいられない。

「あっ、あっ、あっ……」

天賜の歌声と呼ばれた少女の喘ぎ声は、また麗しかった。

(俺はエイミーの歌に惚れたんだ。もっと聞きたい。エイミーのイったときの喘ぎ声を聞きたい)

歌姫の喘ぎ声が耳に心地よい。もっと聞きたいという欲求に囚われて、ライナスの舌は乙女の秘密の泉を浚《さら》う。

「はぁ、ああ、ああ〜〜〜〜」

初めての快感に、含羞を噛みしめる乙女の泉は枯れることを知らない。その源泉に向かって、ライナスは右手の中指を一本入れてみる。

ズブ……

入った。

処女膜とは完全に膜になっているものではない。それでは月経が詰まってしまう。だから、処女でも指を入れるぐらいの穴はあるものだ。

膣洞が、異物をぎゅっと締めてくる。

(すげぇ、ざらざら、このオ◯ンコに入れたら気持ちいいだろうな)

下手に女を知っているぶん、この穴に男根を突っ込んだときの気持ちよさが想像できてたまらなくなる。

「そ、そこは……」

「痛いか？　おちんちんはこの指より、もっと太くて大きいんだぞ」

「……」

涙目のエイミーは、無言で首を振るう。

おそらく痛くはないのだろう。しかし、初めての異物の挿入にショックを受けているようだ。

そこでライナスは膣穴に指を一本入れた状態で、剥き出した小さな陰核をペロペロと集中的に舐めてやった。

「ひぃぃぃぃぃ〜〜〜」

天使のような乙女が、あまりにも強い刺激に顎をあげ、舌を出しながらビクビクと肢体を痙攣させた。

「ああ……」

プシュッ！

絶頂痙攣が収まった次の瞬間、気の抜けた声とともに、ライナスの顔に熱い液体がかかった。

エイミーが絶頂したと見て取ったライナスは、ようやく顔をあげる。

自分の漏らした液体でライナスの顔が濡れているのを見て、エイミーは口元を手で押さえ、涙目でしゃくりあげながら謝罪する。

「ご、ごめんなさい。わたし、イクといつも、おしっこでちゃう……」

「安心しろ。おしっこじゃない。潮噴き体質というだけだ」

「潮噴き……体質？」

知らない知識だったようで、エイミーはきょとんとした顔をしている。

「ああ、最高に男好きするいい女ってことだ」

ライナスはエイミーを棚から下ろしてやる。

そして、脱ぎ捨てられていたパンティを持って、エイミーの両足首に通すと持ち上げる。

ライナスがこれで終わらせようとしているのを察したのだろう。エイミーは必死に訴える。

「ライナス。……おちんちん、入れて。わたし、ライナスのおちんちんで大人になりたい。ライナス専用の女でいたいの」

ガツン！

横っ面を叩かれたかのような衝撃があった。

「わたし、ライナスの女になりたい。本当はライナスのおちんちん以外、オ○ンコに入れたくないよ」

こっちは必死に、ここで収めようとしているのに、この娘は。

「ああ、もうこの淫乱娘が、お仕置きしてやる」

自棄を起こしたライナスは、太腿の半ばまであげたパンティから手を離すと、エイミーに背を向けさせた。

そして、長いスカートをからげて、小さな尻を突き出させると、濡れた女性器に向かって浅ましくいきり立っていた男根を押し込んだ。

ブツン！

指とは違う。太い肉棒が押し込まれたのだ。

処女膜はたしかに破れた。狭い隧道を押し広げながら男根は飲み込まれていく。

「ひぃ」

自ら望んだこととはいえ、破瓜の痛みにエイミーは暴れようとしたが、ライナスは容赦なく両の二の腕を掴んで固定する。

「ほら、これがおまえの欲しかったおちんちんだぞ」

「くっ、ああ……」

立ちバックで破瓜を迎えたエイミーは、薄い胸元を反らして悶絶する。

どうやら、そうとうに痛いらしく、満足な応答ができない。両目からは涙があふれ、口唇からは涎を垂らして、顎を濡らしている。

真っ白い肉付きの薄い尻の谷間で、かわいらしい肛門がヒクヒクと収縮していた。

（うお、こいつのオ〇ンコ、すげぇ締まる。そのうえザラッザラの襞。まるで天使の羽に包まれているみたいだ。しかし、浅いな。もう子宮口に届いてしまった）

年若いやせぎすの清らかな乙女が、汚い大人の巨大な男根で子宮までぶち抜かれ、呻吟しているのだ。

それを見るのは物凄い罪悪感だった。しかし、同時に異様な興奮がライナスの全身を支配する。

理性が焼き切れたライナスは、濃青色のパーティーグローブに包まれたエイミーの両腕を引き、欲望のままに腰を前後させてしまった。

「おら、どうした？　おまえが望んだことだぞ」

子宮口をガンガンと突きまわす。

「ひぃ、ひぃ、ひぃ、ひぃ」

天使のように美しい少女は、細い背中で目に見えない翼を羽ばたかせるように呻吟しながら、股間からポタポタと雫を落とし、膝の半ばで止まっていた白いショーツに赤い水玉模様を作った。

「エイミー、いくぞ」

破瓜の痛みに涙している乙女を絶頂させることはできない。ライナスが一方的に欲望を解放した。

ドビュッ！　ドビュッ！　ドビュッ！

「あああぁ」

気高き天使が断末魔の悲鳴をあげたときだった。

バン！

唐突に扉が開いた。

そこから絢爛たる美女が姿を現す。

(いっ、王妃グロリアーナっ⁉)

興奮のあまりすっかり彼女の存在を忘れていたライナスは、絶句する。

一方で、室内の惨状を蔑みの表情で眺めた絶世の美女は口を開く。

「あらあら、父親が娘の処女を奪うなんて、まさに鬼畜。犬畜生に劣る所業ね」

「いや、これは……」

慌てて結合を解くライナスの言い訳など聞く耳持たず、グロリアーナは側近に命令を下す。

「悪魔な父親は処刑に値すると思うわ。クリスティン、愚父のおちんちんを切り落としなさい」

「はっ」

虎の意匠の肩当てをつけた女騎士が、素早く動き、ライナスの首元に刃を突き付ける。

「……」

ライナスが硬直している間に、グロリアーナはエイミーのもとに歩み寄ると、白い絹のハンカチで股間を拭ってやる。

「くすくす……いいものを見せてもらったわ。エイミーちゃんよかったわね」

「はい。王妃様のおっしゃる通りになりました。ありがとうございます」

「あ、あの、これは……どういう」

情けなく萎んだ逸物を晒したままのライナスは、二人の会話の意味がわからず困惑する。

グロリアーナは破瓜の血に濡れたハンカチを、ライナスの手に握らせた。

「乙女の身も心も奪ったんですもの。責任取ってあげなさいね」

「あ、はい……」

美しすぎる王妃の有無を言わさぬ迫力に、ライナスは頷かされる。

「もう、お行きなさい」

ライナスとエイミーは、王妃様の部屋から追い立てられた。

「お幸せにね～」

第六章　再生の歌

「ドモス王国が、クラナリア王国を滅ぼしただと……まさか、あり得ぬ」

仙樹暦一〇二三年となり、イシュタール王国を出た一座は、城塞都市国家群を巡ったあとクラナリア王国、いや、ドモス王国に入った。

ライナスが祖国を喪失して一年。今度は北方の盟主というべきクラナリア王国が、ドモス王国に平定されていたのだ。

ライナスから見ると、いや、おそらく北陸の政治情勢に通じていたものほど信じられない出来事であっただろう。

クラナリア王国は、セレスト王国、シュルビー王国とは格が違う本物の大国だ。

「クラナリアから嫁を取り、油断しているところを騙し討ち？　……なんでもありだな」

いかに蛮族で手段を選ばないにしても、ほどがあるというものだろう。

事情を聞き、呆れかえっているライナスのもとに、アルネイズが寄ってきた。

「あなたはいろいろと思うところがあるのでしょうけど、カーリングには行くわよ」

クラナリア王国の首都であったカーリングは、かつてライナスとエイミーも立ち寄り、旅の支度を整えた世界屈指の大都市である。

　アルネイズが世界一周公演を計画したときから、決して外せぬ目的地の一つとして予定を組んでいたのだろう。

「ああ、戦争中なら反対だが、終わったというなら寄らない理由はないな。戦後特需ってやつが始まっているだろ」

「それもあるけど、戦に疲れた人々を慰撫し、励ますのもあたくしたちの大事な存在意義だわ」

　立派な志である。座長の決めたことに反対する言葉を、ライナスは持たなかった。

『愛と情熱の舞踏団』は、戦禍の跡も生々しいカーリングに入る。

「いや～、激戦だったみたいだね～」

　魔法で焼かれた城壁を見上げて、ミリアも驚嘆している。

「ここがあのカーリングか……」

　ライナスとしては、シュルビー王国の王都デネブが陥落したときを思い出さずにはいられない光景である。

　しかし、住民は力強く復興に向けて歩みだしていた。

（デネブも復興しているのだろうか？）

ライナスはいたたまれず逃げ出してしまったが、あの地に留まって生き残った人々のために働くのが騎士としての本来あるべき姿だっただろう。

(俺は騎士失格ということだな)

城下で無料公演をしていると、ドモス王国の使者がやってきて、「高名な『愛と情熱の舞踏団』のみなさまには、ぜひ王宮でも公演していただきたい」との申し出があった。

「国王陛下もご臨席になる」

と言われては、断れるはずがない。

「喜んで。ご高覧いただけると幸いですわ」

アルネイズは満面の笑みで応じた。初めから、こうなることを計算していたのだろう。

商売上手なことである。

複雑な気分が顔にでていたのだろう。エイミーが気づかわしげな顔を向けてくる。

「ライナス、大丈夫?」

「ああ、忸怩《じくじ》たるものがないといえば嘘になるな。しかし、まぁ、過去のことだ。わずか三年で、セレスト、シュルビー、クラナリアと北方三国を平定してみせたのだ。まさに当代の英雄というべきなのだろう。その前で公演できるというのだから、名誉なことだ」

その悪辣《あくらつ》な手口は決して好きではない。しかし、負けた陣営の生き残りが卑怯だと叫んだところで、負け犬の遠吠えにしかならないだろう。

「おまえのほうこそ大丈夫か？」

「え？」

「おまえだって故郷から焼け出されたんだ。ドモス王国に含むところがあるんじゃないか」

エイミーとて、ドモス軍に深刻な憎悪を持っていたとしても不思議ではない。

ライナスの気遣いに、エイミーはしばし小首を傾げた。

「わたしは……別に。いまのほうが楽しいから」

「……そうか」

孤児で教会育ちのエイミーにとって、故郷とは思い入れのある場所ではないのかもしれない。

痛ましい気分になったライナスは、水色の頭髪を撫でてやった。

こうして、先日までは北陸随一の華美を誇ったであったであろう王宮にあがった『愛と情熱の舞踏団』は、中庭に急造の舞台を用意すると、若き覇王の前で公演を行うことになった。

「天駆ける竜の如きドモス国王ロレント陛下にお目見えできたこと、感謝にたえません。では、日ごろの疲れを癒してもらうため、しばしの夢の世界にご案内いたしとうございます」

座長のアルネイズの口上に続いて、いつものようにエイミーが歌い、踊り子たちが群舞する。

ライナスは裏方として笛を奏でた。

観客席に集まったドモス王国の将兵は、酒を片手に歓声をあげている。

ドモス国王ロレントは、歌にも踊りにも興味がないらしい。貴賓室に陣取って、周囲に侍っている美女たちと戯れている。

(野卑な男だ。こいつにエイミーの歌を聞かせても豚に真珠だな)

ライナスは内心で見下げていたのだが、エイミーの独唱になったときである。ロレントの顔つきが変わった。

『輝く胸甲に包まれた熱き使命、手に持つは天を割く剣、いざ誉のために足を踏み出せ』

真剣な顔つきになった主君に、周りの美女たちも戸惑ったようだ。ライナスも困惑した。

(『単眼の巨人神』の軍歌としては定番だ。気に障《さわ》ることはないと思うが……)

エイミーが歌い終わったところで、あろうことかロレントが拍手をした。

パチパチパチパチパチ
国王に倣った将兵たちも万雷の拍手で答えた。

公演が終わると、国王一行が真っ先に退場する。劇団員は見送りにでた。どんなに卑怯で、野蛮であろうと、戦に勝ちさえすれば英雄だ。みな常勝の国王に最大限の気を遣う。

お気に入りの美女の肩に腕をまわし、ドレスの胸元から手を入れて揉みながら歩いていたロレントは、不意に水色の髪をした少女に声をかける。

「小娘、名前はなんという？」

「エイミーと申します」

「俺は歌のことはよくわからんが、おまえが一級品だってことはわかったぞ。歌の世界で天下を取ってみろ、あはは」

エイミーはきょとんとしている。

野蛮な王は、別に他意はなかったようで、一時の戯れを放言して会場を出ていく。

ともかく覇王の前での天覧公演はつつがなく終わった。

ライナスが楽屋で寛いでいたときである。思いもかけない人物が訪ねてきた。

「ライナス叔父上、やはりライナス叔父上なのですね」

そこにいたのは青い炎のような長髪に、目を閉じたような知的な表情の、両肩や背中を大胆に開いた青いバトルドレスを纏った二十歳ほどの女だった。

「……リュミシャスか」

ライナスの兄の娘。若くして軍才を認められて、シュルビー王国で将軍職を与えられていた。

「もしかしたら、顔を合わせるかもとは思っていたが、はは、本当に会っちまうか」

いまさら裏切り者と罵声を浴びせるのもちょっと違うだろう。どういう表情を浮かべていいかわからず乾いた笑みを浮かべる。

「叔父上、こんなところでなにをしておられるのですか？」

「見ての通り、旅芸人の劇団員さ」

肩を竦めたライナスは、両手を開いて見せる。

リュミシャスは軍装だ。現在、なにをしているかは聞くまでもないだろう。間違いなくドモス王国の将校だ。

先ほどの客席にいたのだろうが、ロレントばかり見ていたライナスは気づかなかった。

「来てください。叔父上に会いたがっている方がいます」

「ああ、わかった。ちょっと行ってくる」

無視するわけにもいかずついていこうとするライナスを、エイミーは不安な顔で見つめる。

「心配するな。いまさら落ち武者として命を取られることもあるまいよ」

ライナスは、リュミシャスの後ろ姿を見ながら回廊を歩く。

(久しぶりに見るといい女に育ったな。肩幅があり、腰は括《くび》れ、尻はでかい。まさにいまが盛りといったところか……兄上も心配だろう。いや、あれから一年も経つのだ。もう結婚しているのかな。いや、これだけの器量だ。いろんな男を手玉に取っていそうだな)

そんなたわいない妄想をしていると、不意に肩を震わせたリュミシャスが立ち止まった。

顎を左に向けて、赤い紅の塗られた口唇を開く。

「叔父上、言いたいことがあるのではありませんか」

「……」

姪っ子を不埒《ふちら》な目で見ていたことがバレたかと、ライナスは焦る。しかし、違ったようだ。

「わたくしがなぜ裏切ったか、叔父上は責めないのですか」

戦いの最中に彼女の部隊が唐突に撤退したことで、裏崩れが起こった。間違いなく敗因の一つだ。

「興味はないな。しかし、おまえが懺悔することで心が軽くなるというのなら、聞いてやってもいいぜ」

「……」

なにやら葛藤した表情を浮かべたあとリュミシャスは、大きく溜息をついてから口を開く。

「両親の意向ですよ。二人は率先してドモス王国の人質になった。子としては逆らえません」

「なるほど、兄上は聡《さと》いな。それに気づけなかった俺が間抜けというわけだ。なんにせよ、おまえとおまえの両親の選択は間違いではなかった。いまじゃ世界征服を狙う悪の軍団の女幹部ってわけだ」

ライナスはリュミシャスの露出している肩に手を置いた。そして、耳元で囁く。

「死ぬまで戦え」

糸目を大きく開いたリュミシャスは、ライナスの手を払って背を向ける。

「叔父上にはわたくしのお手伝いをしてもらいたかったのですが、無理のようですね。よろしい。行きましょう」

いろいろと無理をしているらしい姪っ子の背後で肩を竦めたライナスは続く。

※

「お入りください」

案内されたのは、王宮内の一室だ。

ライナスは素直に足を踏み入れる。リュミシャスは入ってこずに扉を閉めた。

広い室内を見渡す。

さすが大国クラナリアの王宮の一室だ。もとはいい部屋だったのだろう。王族の方の私室だったのではないだろうか。しかしながら、現在は戦禍の傷が生々しく残っている。

白いカーテンがたなびいた。

窓が開いているようだ。

ライナスが近づいていくと、開け放たれた窓は、バルコニーに通じていた。

夜空には銀の大きな月が輝き、それをバックに一人の女性が立っている。

年のころは二十代の半ば。

月の光を紡いだかのような白金の長髪をハーフアップに結い上げ、赤い宝石の付いた額飾りで留めている。

白を基調としたチュール生地の豪奢なマントを肩当てで留め、体にぴっちりとしたキャミソールの上から紫生地の胸当て。腕にはレースの付いたロンググローブ。腰元には布を巻いているが、紫色の短パンを見せ、スラリとした脚には白地に透かし柄の入ったタイツを纏っていた。

華やかな戦装束に身を包んだ月の女神が降臨したかのような佇《たたず》まい。

ライナスが見間違えることのない女性だった。

「ま、まさか……ベルナール……姫。生きておられたのですか……」

「あなたこそ生きていたのね。ライナス」

月光を背にベルナールは薄く笑った。

（少し痩せられたかな……）

唐突なことに感情が追いつかない。ライナスが呆然としていると、ベルナールの瞳から涙があふれる。そして、泣き顔を隠すようにライナスの胸に飛び込んできた。

戸惑いながらライナスもまた、彼女の小刻みに震える背中を抱く。

「……」

なんと声をかけていいかわからずにしばしときは流れた。

ややあってベルナールは顔をあげる。

「わたし、あの男に凌辱されたわ」

ドモス王国の、いや、国王ロレントの統治政策なのだろう。征服した国のお姫様を己が側室にする。

旧臣たちから見ると人質を取られているようなもので、抵抗心を奪われるらしい。

シュルビー王国では、彼女が選ばれたということだろう。

「それはお辛かったでしょう」

背中を撫でてやりながら、ライナスとしてはそうとしか慰めようがなかった。

涙に濡れた顔でベルナールは自嘲する。

「ふっ、そして、いまは愛人の一人をやっているの。父の、家族の、祖国の仇を相手に、股を開いて生きているのよ」

言葉の自傷行為をする昔の教え子を、ライナスは優しく諭す。

「あなたがロレントに侍っていることで、シュルビーの民は平和に暮らせているのです」

「さぁ、どうかしら？　恥知らずの淫売と軽蔑しているのではなくて。あなたもわたしを尻軽女と見下げているのでしょ」

「そのようなこと思ったこともありません」

より正確には、いまこの瞬間まで、死んだものとして忘れていたのだ。しかし、そこまで言う必要はないだろう。

ベルナールは寂しげに笑った。

「でも仕方ないじゃない。わたしにはこれしか道がなかった。恥に塗れたわたしがいまさら無駄に自殺したところで、だれも喜ばないわ。憐憫の涙など、勇敢に戦って亡くなった父や兄や姉や甥っ子姪っ子たちで十分に流したでしょ」

「ご心中、お察しいたします」

不意にベルナールは声を荒らげた。

「あなたがいけないのよ！　なんで助けに来てくれなかったの！　生きていたのならなんでわたしのところに来なかったの！　なにがあっても来るべきでしょ！　わたしはあなたの婚約者だったのよ！」

激情のままベルナールは両手でライナスの胸を激しく叩いた。

叩き続けるベルナールの頬を流れる涙が、血涙にしか見えない。

(たしかに自分はなぜ、ベルナールの安否を確認しなかったのだろう。エイミーを見つけただけで安堵して、国を出てしまった)

いまにして振り返ると平常心を失っていたということだろう。

人は本当に辛いことがあると、そのことについて考えないようになる。

例えば、戦場で物凄く仲のよかった戦友が目の前で突然亡くなっても、直後から何事もなかったかのように振る舞っている兵士は多い。

仲がよかった友が死ぬのは、どんな人にとっても物凄く辛いことである。辛く苦しいからこそ、自らの心を守るためになかったことにしてしまう、という心の防衛反応が働くのだ。

ライナスがこの一年、祖国のことを深く考えないようにしていたのも、そういう心理の一環に違いない。

その逃避のツケが、利子をつけていま、押し寄せてきている。

罪悪感に動けなくなったライナスに、ベルナールは訴えた。

「わたしを連れて逃げて。国を再興しましょう」

「え？」

あまりにも突飛な訴えに絶句するライナスに、ベルナールは説明する。

「いま、シュルビー王国領では、あなたの部下だったボルクが反乱を起こしているそうよ」

「ボルクのやつが、なんでいま……」

またも押し寄せた予想外の情報に、ライナスは仰天することしかできない。

「クラナリア王国のルーシー将軍が、ドモス王国との戦争の最中に、後方を攪乱《かくらん》させるために密使を放ち、シュルビーの旧臣を蜂起させようと支援したのよ」

「なるほど……」

クラナリア王国の第二王女アンサンドラの侍女であったミミという少女の、数奇な冒険譚を、ライナスは無論知らない。

「でも、ボルクが蜂起する前に、カーリングは陥落した。反乱軍はいまや糸の切れた凧のようなものよ。このままじゃ早晩全滅する。わたしが行って旗頭になってあげないと……」

勇ましき戦乙女の瞳と、ライナスの瞳はしばし正対する。

ややあってライナスは、ベルナールの両肩を抱き体を引き剥《は》がした。

「お断りします。あなたが言った通り、その反乱に勝機はない。あなたが城をでたところで、死にに行くようなものです」

「どうして？　勝機など考える必要があるの。あなたにもう生きる意味はないでしょ。この反乱は、あなたにとっておあつらえ向きの死に場所じゃない」

たしかに、一年前のライナスならそう考えたに間違いない。ライナスはゆっくりと言葉を絞り出した。

「人の夢は変わるのです」

「……」

「人は夢を変えながら生きていく」

信じられないといった顔をしているベルナールに、ライナスは諭して聞かせる。

「祖国を失ったとき、わたしはエイミーという少女と出会った。やせっぽちの取るに足らない少女です。彼女は歌が好きで、歌手になりたいとわたしに夢を語った。わたしはその手伝いをしてやりたくなった。わたしの夢は祖国の再興にはない。まして、祖国に殉じ、騎士の誉を残すことでもない。世界一の歌姫を世に送り出すこと。それがいまのわたしの夢です」

「……なにそれ？　あなたはシュルビー王国の至宝と呼ばれた騎士よ。シュルビー王国国王ライスレーンの末娘ベルナールの婿に選ばれた男よ。それが旅芸人一座の一員？　歌姫の手伝いが夢？　ふざけないで！」

激高するベルナールの顔をじっと見ながら、ライナスは語った。

「あなたも夢を変えるべきだ」

「……」

「見たところ生活に不自由はしていないのでしょう。不本意でもドモス国王ロレントの愛妾《あいしょう》になったのです。その地位を利用して、他の愛妾たちと妍を競って子供を産み、この子にシュルビー領を継がせることを目標にするというのはいかがですか？」

「知ったようなことを言わないで！」

憤怒《ふんぬ》に瞳を燃え上がらせたベルナールは右手で、ライナスの頬を思いっきり叩いた。

あまりの勢いで、ライナスの口の中が切れたようだ。鉄の味が口内に広がる。

「自分の女が他の男に辱められたのよ、怒りはないの？　それが言うに事欠いてそいつの子供を産めですって」

「失礼します」

これ以上、ここにいても意味がない。そう判断したライナスは踵《きびす》を返して退出することにした。

その背に、泣き崩れる姫君からの口汚い罵声を浴びせられる。

「あなたがそんな命末練な卑怯者だとは知らなかった！　こんな恩知らずの臆病者だと知っていたら、好きになんかならなかったのに！　この変節漢！　根性なし！　インポ野郎！」

※

旧クラナリア王宮での公演を終えたあとも、『愛と情熱の舞踏団』は、カーリングの城下で一週間ほど無料公演を行った。

連日盛況であり、戦に傷付き疲れたカーリング市民の一時の気晴らしになれたのなら、僥倖《ぎょうこう》である。

最後の公演が終わり、次の公演地を求めて旅立ちの準備をしているとき、アルネイズが声をかけてきた。

「本当にシュルビー地方には行かなくていいの？」

「ああ、反乱が起きている地域に行っても危険なだけで益はないだろう」

かつて部下だった若い青年将校の顔を思い出す。

(ボルクよ。協力してやれないで悪いな。しかし、俺がいないほうが自由にやれるだろ。頼むから玉砕なんて道を選んでくれるなよ)

なんとか逃げ延びてほしい。ライナスとしては祈ることしかできなかった。

そこにミリアが口を挟む。

「そっか、あたしは、ライナスの故郷、見てみたかったけどな」

「また機会はあるさ」

そんな雑談をしていると、不意にテントの前に豪奢な馬車が止まった。

どう見ても貴人が乗る車の扉が開き、中から颯爽《さっそう》と現れたのは華やかな姫騎士装束の美女だった。

「ここが話題の『愛と情熱の舞踏団』ね」

「ベルナール……どうして」

風にたなびく白金の頭髪を撫でながら高慢にあたりを睥睨《へいげい》した姫君は、驚くライナスは一瞥《いちべつ》しただけで、他の劇団員に近づき、一人ずつ顔を見て回る。

「あのままのお別れじゃ、あんまりにも後味が悪いでしょ。見送りに来てあげたのよ」

「そ、そうか。悪いな」

ライナスが困惑していると、馬車から青いバトルドレスを纏った若い才女が姿を現した。

（リュミシャスか）

彼女の登場で裏事情がなんとなくわかった気がする。

今日、ライナスたちが出立したら、再会する可能性はほとんどない。

あんな別れ方をしたのでは、一生後悔しますよ、とリュミシャスが忠告をしたのではないだろうか。

（まったくできた姪っ子だよ）

ライナスが頭を掻いていると、ベルナールは半裸の踊り子たちの顔や胸、尻などをジロジロと観察して歩く。

「あ、あの……」

踊り子たちはベルナールの立ち位置など知らないだろうが、どう見てもやんごとなき地位の女性の奇行に困惑している。

やがてアルネイズの全身も舐めるように観察したベルナールが得心した顔で質問した。

「あなたがエイミーさんかしら？」

「いえ、違います。あたくしは座長のアルネイズですわ」

「そう、残念」

ついでベルナールは、ミリアの全身を観察する。

「なに？　なに？」

「あなたがエイミー……ではないわね。こんなガサツな女であるはずがないわ」

「ちょ、ちょっとそれ失礼っ」

ベルナールの独り言に、ミリアは憤慨する。

一通り見て回ったベルナールがあたりに呼びかけた。

「もう、エイミーって子はどこにいるのよ？」

「あ、あの……わたしですが……」

自分が探されていると知ったエイミーは申し出るタイミングを見計らっていたのだろう。恐る恐る進み出た。

「あなたが！」

ただちにエイミーのもとに歩み寄ったベルナールは、上から目線でしげしげと眺める。

「へぇ～、これがわたしより、大事っていう子？」

「……ひっ」

「舞台で歌っているときとは雰囲気がぜんぜん違うわね。おかげで気づかなかったわ」

たしかに舞台で歌っているときのエイミーは、まさに天使が舞い降りたような圧倒的な存在感を放っている。しかし、普段の彼女は存在感の薄いやせっぽちの少女だ。

特に舞台衣装のときには偽胸を仕込んでいるので、普段着との印象の差は大きいのだろう。

綺麗なお姉さんなのだが、明らかに敵意を込めた表情を浮かべたベルナールに、しげしげと全身を舐めるように観察されたエイミーは怯えてしまう。

「おいっ」

見かねたライナスが声をかけると、ベルナールはチラリとジト目を向けてくる。

「ライナス、一言言っていいかしら？」

「なんなりと」

畏まるライナスの顔を指差して、ベルナールは叫んだ。

「このロリコンっ！」

「なっ」

唐突の断罪に、ライナスは狼狽《ろうばい》する。

ベルナールはエイミーを抱き寄せて天に向かって叫ぶ。

「なにこのかわいい子、わたしより若いじゃないの。というより、あなたから見たら娘みたいな年齢じゃない。こんな子が好きって、あー、やだやだ信じられない。気持ち悪い。こんな変態男だったなんて、昔のわたしは本当にどうかしていたわ」

自分でもなんとなく自覚していただけに、面と向かって指摘されて、ライナスは少なからずダメージを受けた。

そこにミリアが口を挟む。

「ちょっとなにを言っているの。エイミーちゃんはライナスの子供だよ。好きで当然じゃない」

「……」

あたりにシラーとした空気が流れて、ややあってアルネイズが口を開く。

「あら、あなたまだ気づいていなかったの？　ライナスとエイミーは親子じゃないわよ」

「え、え〜〜うそうそ、いきなりなんの冗談？」

笑い飛ばすミリアに、アルネイズは追い打ちをかける。

「親子っていうのは偽装よ。二人は愛し合っているわ」

「うっそだ〜、そんなわけないでしょ」

本当にライナスとエイミーの親子関係を露ほども疑っていないミリアの態度に、周囲の踊り子たちがドンビキしたような顔でヒソヒソと話し合う。

「愛し合っているわよね。完全に」

「うん、ミリアさんが気づいてなかったなんて驚き」

「いやいやいや、なにみんなしてあたしを騙そうとしているの。あの……ライナス。二人は親子だよね」

ミリアが縋るような表情で、本人に確認してきた。

「すまん。親子というのは嘘だ」

「わたし、ライナスの子供じゃないよ。ライナスのこと大好きな女だよ」

エイミーの宣言に、ミリアは自らの両頬を押さえて、この世の終わりのような表情で硬直する。

「うそ〜っ」

物凄くショックを受けている女戦士のことなどまるで知らないベルナールは、エイミーの手を引く。

「あなた、ちょっと来なさい。二人っきりで話し合いましょう」

「え、あ……はい」

ベルナールとエイミーは、客のはけた公演会場に入る。

※

「へぇ～、ここが舞台か。初めてあがったわ」

舞台に乗ったベルナールは、設備を興味深そうにキョロキョロと見て回った。

強引に連れてこられたエイミーは、恐る恐る質問する。

「あの……、あなたさまは……」

エイミーから見ると、ベルナールは見知らぬ綺麗なお姉さん。それも見るからに高貴な雰囲気の姫騎士だ。

その困惑を見て取ったベルナールは、芝居がかった仕草で一礼する。

「そうね、挨拶がまだだったわね。わたしの名前はベルナール。シュルビー国王ライスレーンの末娘。いまはドモス国王ロレントの肉便器の一つ。そして、かつてライナスの婚約者だった女よ」

「そ、そうなんですか？」

エイミーにとってあまりにも過多な情報で処理しきれずに目を白黒させている。

自嘲を浮かべたベルナールは肩を竦めた。

「あくまでも過去のことだから安心して。いまさら未練はないわ。そんなことよりあなた、本当にあの男を愛しているの。あなたから見たら、パパとかそういう年齢でしょ」

ベルナールから詰め寄られたエイミーは、怯えながらも答える。

「年の差なんて気にしません。わたしはライナスが好きです。愛しています」

「うわ、あなたその若さでオジ専って渋いわね。それともオジサンならではのねちっこいセックスをされて、体が離れられなくなっちゃったのかしら？」

嗜虐的に笑ったベルナールは、エイミーを背後から抱きしめた。そして、ドレス越しに小さな乳房を鷲掴みにして揉みこむ。

「あ、やめてください」

エイミーは逃げようとするも、体はベルナールのほうが圧倒的に大きい。

それにベルナールは、幼少期からお転婆で、ライナスから武芸の稽古を受けた姫騎士である。エイミーは歌手としての体力作りこそ励んでいるが、武芸の心得はまるでない。

「うふふ、かっわいい〜〜〜」

舌なめずりをしたベルナールは、白いワンピースのスカートをたくし上げた。

細い太腿の半ばまで水色のタイツを履き、水色のガーターベルトで留めている。そして、そのうえから天使の羽のような刺繍《ししゅう》の入ったショーツを穿いていた。

明らかに男に見せることを意識している。男がいる女の下着だ。

一年前、教会にいたころは無地のコットン生地の色気もなにもないお子様パンツを穿いていた少女だが、この一年間でずいぶんと意識変化があったのだ。

「ひゅ～」

軽く口笛を吹いたベルナールは、その明らかに女であることを主張しているショーツ越しに陰阜を押さえた。

ベルナールの指先がショーツ越しに女の急所を弄る。

「あ、ああ、なにをするんですか、や、やめて……ください」

「あらあら、ちょっと触っただけなのに、もうパンツ越しに濡れているのがわかるわ。かわいい顔して、好き者なのね。それともオジサンに調教されちゃったのかしら？　ドスケベな淫乱美少女に。うふふ、かわいそう～～～」

エイミーの右の耳元で、嘲弄《ちょうろう》したベルナールはさらにショーツの腹部から手を入れてしまう。

「毛も満足に生えてないじゃない。それで愛を語るなんておこがましいわね。単にセックスが気持ちよくて、愛と勘違いしているんじゃない」

「そんな、こと、ありません。わたしはライナスを愛してます……」

意地悪お姉さんの嫌がらせに耐えながら、エイミーは必死に抵抗する。

「うふふ、気持ちはわかるわよ。わたしもやられたもの。一晩中、ぶっといおちんちんでズボズボされたの。ここをね」

ベルナールの指先が、エイミーの膣穴にまで入った。

「そ、そこは、やめて、ああ」

「あは、すごいザラザラのオ○ンコ。まるで猫の舌みたいね。それにキュッキュッって締まる。これは名器ね」

「そ、そんなことは……」

謙遜するエイミーの耳元でベルナールは宣言する。

「わたし、この一年間、好色絶倫男の褥に侍ってきたから、興味もないのにいろんな美女のオ○ンコを見る機会に恵まれたわ。こうやって触ったり、穿ったり、舐めてきたの。だから、わかる。あなた名器よ。わたしが保証してあげる。このオ○ンコなら、もっと若くて活きのいい男を夢中にさせることができるわよ。あんなくたびれたオジサンにはもったいないわ」

「ライナスはカッコイイです。悪く言わないでください。それに、わたしはライナスのおちんちん以外、興味ないです……。そこに入れたくない」

「ふ～ん、よく調教されているわね。なら、わたしが本当の快楽ってやつを教えてあげるわ」

クチュクチュクチュクチュクチュ……

ベルナールの指マンによって、広いホールに卑猥な水音が響き渡る。

逃げられないエイミーは、内股になって耐えるが、ショーツから滴る愛液が糸を引いて床に落ちた。

「あ、あ、あ、あ……」

「あら、いい声。さすが歌姫ね。こんな心地よい喘ぎ声を聞いたの初めてだわ。いいこと教えてあげる。やんごとない出自で、普段は気取った顔しているお姫様たちも、セックスの最中は下品な声で喘ぐのよ」

「ああ……だめぇぇぇぇ！！！」

意地悪お姉さんの指マンに晒されたエイミーは、ついに膝から崩れ落ちてしまった。

「もうイっちゃうの、ほんとかわいいわねぇ」

右手の中指についた愛液をペロリと舐めたベルナールは、舞台に仰向けに倒れたエイミーの濡れたショーツを引き抜き投げ捨ててしまう。

「はぁ、はぁ、はぁ……」

天使の如き美少女の水色のタイツとガーターベルトで留められた細い脚を大股開きにしたベルナールは、さらに左右の親指で、トロトロに濡れている乙女の肉門を押し開く。

「あら綺麗。とてもオジサンにズボズボやられているオ◯ンコには見えないわね。アンサンドラ姫より綺麗なんじゃないかしら？」

「……なんでこんなことするんですか？」

同性にくぱぁと覗かれたエイミーは困惑顔で質問する。

「うふふ、怒らないで。気持ちよくしてあげているでしょ。ほら、わたしもパンツを脱ぐわ」

ベルナールは、紫色のパンツを脱ぐ。白い柄タイツの股間部分に大きな穴が開いていた。白金色の陰毛に彩られた陰阜があらわとなる。

さらに紫生地の胸当てとキャミソールを外すと、ドンッと擬音が聞こえそうな勢いで、大きな双乳があらわとなった。

まさに覇王の褥に侍るに相応しい、圧倒的な美貌とスタイルだ。

「これなら文句はないでしょ、かわいい天使ちゃん」

エイミーはだれもが認める天使のごとき美少女である。しかし、女としての成熟度の差は歴然だった。

美人というのは往々にしてキツメに見えるものである。意地悪お姉さんが、美少女をイジメている図に見えてしまう。

「それじゃいくわよ」

「あ、え、なにを、ああ」

戸惑うエイミーの体に覆いかぶさったベルナールは、エイミーの微乳を手に取り、先端にしゃぶりつきながら、自らの女性器をエイミーの女性器に押し付けた。

「ああ、こんなのダメぇぇ」

意地悪お姉さんに襲われた美少女は必死に逃げようとするが、容赦なく乳房を揉まれ、乳首を吸われ、陰阜を擦りつけられる。

ヌルヌルヌルヌルと二種類の愛液が混ぜ合わされるだけではない。ベルナールは器用に互いの陰核を擦り合わせた。

「はわわ……」

望まぬ快感に晒されて、惚けてしまっているエイミーに、ベルナールは笑いかける。

「どお、女同士でも意外と気持ちいいでしょ？」

「そんな、わたしは女同士だなんて……ああ」

「最初は抵抗あるわよね。わたしもそうだった。でも、慣れてくるとこういうのもありかって思うようになるわ。まぁ、最終的にはおちんちんが欲しくなっちゃうんだけどね」

そう言ってベルナールはさらに腰を使った。

「あ、いや、わたし……こんなの、ああ……」

後宮仕込みの淫技にエイミーは翻弄されてしまう。

「あは、かわいい。我慢しなくていいのよ。快楽は肉体の反射。たとえ殺したいほどに憎い相手に触られても女は感じてしまう。クリトリスを弄られたら気持ちいいし、ぶっといおちんちんをぶち込まれて、ズコバコされてビュービュー中出しされたらイってしまう。それが女よ」

「いや～～～～」

望まぬ快感に晒されてあげたエイミーの悲鳴が、会場の外で待機していたライナスの耳にまで聞こえてきた。

さすがによく通る声である。

耐えかねてライナスは、会場に押し入った。

観客席から近づき、舞台上にいる二人に声をかける。

「おい、ベルナール、なにをやっているんだ？」

「女同士の話し合いに口を出すなんて野暮ね」

エイミーを押し倒したまま、ベルナールは上体を起こした。

形のいい生乳を晒して、白金色の頭髪を掻き上げるベルナールのセクシーな態度に、ライナスは威圧される。

「いや、しかしな」

「うふふ、でも、ちょうどいいところに来たわね」

再びうつ伏せになったベルナールは、ライナスに向かって白い尻を高く翳した。

「っ」

真珠を磨き上げたかのような白い尻の谷間に紫色の肛門があり、そして、濡れそぼった女性器があった。

「そろそろ女同士では物足りなくなってきたところよ。ライナス、入れて」

「いや、入れてってて。おまえな。側室ってやつは浮気がバレたら殺されるもんじゃないのか？」

ドモス王国の流儀は知らないが、シュルビー王国やその他の国ではそれが当たり前だ。

ベルナールは自ら両手を後ろにまわして、白い尻朶を左右に開き、女性器を開きながら挑発的に鼻で笑う。

「ふん、いまわたしを処断したらどういうことになるか？　殺せるものなら殺してみなさいってところよ。自分は女をいっぱい侍らせているのに、女がちょっと浮気したくらいで殺すような器の小さい男なんてこっちから願いさげよ」

失うものがない者。開き直った女に怖いものはないということだろう。

ベルナールは自らの股の間から、ライナスの顔を見る。

「だから、最後の思い出に楽しませてちょうだい。お互い気持ちよく別れましょう」

どうやら、ベルナールなりのケジメというか、別れの儀式と言いたいらしい。

これが終わったら、ライナスへの想いや、シュルビー王国の恨みなどを忘れて、ドモス国王ロレントの愛妾として生きていくと言っているのだ。

その心境を察することはできたが、それにしたって危険な行為である。

いまをときめく覇王の愛妾と浮気したなどと露見したら、ベルナールやライナスら当事者はもちろん、スキャンダルを知った者すべてが人知れず闇に葬られるだろう。

（まさに板子一枚下は地獄だな）

ライナスは戦慄した。しかし、女が命を賭してきているのに応えないわけにはいかないだろう。

「まったく、姫様のお転婆ぶりは本当に変わりませんね」

覚悟を決めたライナスは舞台にあがると、ズボンの中からいきり立つ逸物を取り出した。

「うふふ、なんだかんだで、ライナスもやりたいんじゃない。思い出した？　わたしのオ◯ンコ、気持ちよかったでしょ。この小娘よりもわたしのオ◯ンコのほうが名器だってことを思い知らせてあげる」

「……」

さすがにエイミーはむっとした顔になっている。

「おまえな。そういうことばっかり言っていると敵を作るぞ。後宮での処世術はまずは人当たりをよくすることだ」

「弓の稽古ではないんだから、お説教はたくさんよ」

ライナスが二十歳、ベルナールが十四歳。武芸の稽古をつけてやったころのことを思い出しながら、ライナスは男根を膣穴へと押し入れた。

「うほ」

エイミーに覆いかぶさったまま、ベルナールは背筋を反り返らせる。

そして、恍惚と叫ぶ。

「そう、このおちんぽ、このおちんぽよ。わたしのオ○ンコ、しっかり覚えていた。このおちんちんでわたしは女にされたの」

「ええ、俺も姫様のオ○ンコの形、しっかり覚えていましたよ。あのころとまったく変わっていない。男殺しの名器です」

「そうでしょ。あの男に侍る女の中で一番の名器って自負しているのよ」

正直なところ、一年前の一夜、燃えるようなセックスをしただけの女の膣洞の構造を覚えている自信はない。

しかし、ここは思い入れのなせる業というものだろう。本当に覚えている気がして、郷愁で胸がいっぱいになった。

それはベルナールも同じなのではないだろうか。

同時にこの膣洞に自分以外の男が入ったと思うのは、複雑な気分だ。

(考えてみると不思議な状況だな)

自分の婚約者だった女を寝取られ、そして、寝取り返しているのだ。

(あの男に負けたくない)

唐突に熱い激情が、ライナスの胸を、いや全身を駆け巡る。

あの日、ライナスは、ドモス国王ロレントに負けた。一刀のもとに斬って捨てられたのだ。

相手は自分よりも若く精悍《せいかん》で、瞬く間に三カ国を切り従えた覇王。自分は旅芸人の劇団員。歌姫のマネージャー。

ロレントは、ライナスのことなど歯牙にもかけていない。名前も顔も知らないだろう。

しかし、セックスでは負けたくないと思った。くだらない見栄だと思ったが、ベルナールをもっとも感じさせたのは自分だという爪痕を残したくなった。

激情に支配されたライナスはベルナールの両手首を掴んで背後に引っ張りながら、腰を撃ち込む。

「あん、そこ……ああん」

「思い出しました。姫様は相変わらずここが弱いですね」

亀頭がズンズンと子宮口を突き上げる。

「ひぃ、そこ、らめ、ああ、ああ」

ポルチオを捉えられたベルナールは、腰を、いや全身をゾクゾクと震えさせる。

「まったくだれがインポ野郎ですか。姫様は俺のちんちんでここを突かれてイキまくったあの夜をお忘れですか？」

「ひぃ、そこダメ、らめ、せっかく、わたしの成長を見せてあげようと思ったのに……このままじゃ、あの夜みたいにイカされまくっちゃう」

ベルナールの思惑など関係なく、ライナスは亀頭で子宮口をズンズンと突き上げる。

パンッ！　パンッ！　パンッ！

男の腰と女の尻が激しく打ち据えられた。女の尻肉が歪むほどの衝撃だ。

「おっ、おお、おお……」

セックス時の快感というものは、単なる肉体的な快感だけではなく、精神的な意味で高まるということがある。

かつて恋焦がれた初恋の男。そして、婚約者。それなのに意に反して引き離された相手。そんな相手との最後の逢瀬《おうせ》だ。

いまは他の男のものとなり、浮気がバレたら殺される。

こんな極限状態で背後から獣のように突きまくられた女は、性感が振り切れてしまったのだろう。

あっという間にイキっぱなしの状態に入ったようだ。

当然、膣洞は男根に射精を促し、狂ったように吸引してくるが、ライナスは応えることなく腰を、男根を高速で叩きつけ続ける。

「あ、イク、イク、イク、イク、またイっちゃう、もうイってるからぁぁぁ！！！」

白い肌にぬめるような汗が浮かび、垂れ下がった美乳がブルンブルンと豪快に揺れるたびに、乳首の先端から汗が飛び散った。

「っ⁉」

エイミーの見上げる先では、月の女神のように美しかった姫騎士が、大口を開け、白い歯並を晒し、舌を出し、涎を噴くだけでなく、鼻の穴を広げた、さらには鼻水まで垂らした見るも無残な変顔で喘いでいる。

ベルナールの下から抜け出したエイミーは、ライナスの傍らで膝立ちになると、切なそうな顔で唇を求めてきた。

「ライナス……」

「エイミー、怖い思いをさせてごめんな」

エイミーとライナスは唇を重ねた。愛する男女が愛を確認する接吻。

それを横目に、ベルナールの肉体はただイかされまくっているのだ。これは女にとってかなり屈辱的な体験だろう。

肉人形扱いされた女は、すすり泣きながら懇願する。

「お願い、中に、中にちょうだい。最後にライナスの温もりが欲しいの」

エイミーと接吻しながら、ライナスは痴女姫様の要望に応えてやることにした。なんだかんだでライナスも限界だったのだ。

ゴリッ
亀頭が子宮口に完全に嵌った。いや、ぶち抜きそうな勢いで押し込んだ。その状態で射精する。

ドクンッ　ドクンッ！　ドクンッ！

「お、おお、おおおおおぉぉぉ！！！」

主人以外の精液を流し込まれた愛妾は、野太い断末魔を漏らす。

美しい背中がビクンビクンと痙攣する。

「ふぅ」

射精を終え満足したライナスは、エイミーとの接吻を解き、さらに萎んだ男根をベルナールから引き抜いた。

「ひぃ、ひぃぃぃぃ……」

ことが終わってもベルナールは股を開き、尻を高く翳した状態で惚けてしまっていた。

小陰唇がヒクヒクと痙攣し、次の瞬間、膣穴が大きく開き、白濁液が噴き出す。

ブシュッ！

勢いよく逆噴射した穴の下からさらなる液体があふれる。

ジョロジョロジョロジョロ……。

失禁してしまったようである。

※

「やれやれ下品な喘ぎ声だったこと。屠殺される豚の悲鳴がまだ美しく聞こえそう」

そう言いながら入ってきたのは、アルネイズだ。

軽快に舞台に飛び乗ったミリアは、完全にイキ果てているベルナールの痴態を覗き込む。

「うわ、えっぐ。綺麗なお姫様もこうなったらおしまいだね〜」

「どんなにやんごとなきお姫様といっても、ちんちんぶち込まれたらただの牝よ」

肩を竦めたアルネイズは、ベルナールの垂れ流した液体を見て眉を顰める。

「まったく舞台をこんなに穢して」

「すまん」

ライナスは素直に謝った。それをなにげなく見たミリアが頓狂の声をあげる。

「って、エイミーちゃん、なにやっているの？」

エイミーはライナスの股間に顔を埋めて、男根を咥えていた。いわゆるお掃除フェラをしていたのだ。

「本当にエイミーちゃんは、ライナスの子供じゃなかったんだ……。くぅ〜騙された」

改めて現実を見せつけられてショックを受けたミリアであったが、次の瞬間に開き直った。

「も〜こうなったら自棄だ。あたしもエッチに参加する」

ミリアはいきなり服を脱ぎだした。

「え、おい」

「そうね。悪い男に騙された女としては、このまま泣き寝入りも癪だわね」

アルネイズもドレスを脱ぎだす。

ミリアとアルネイズに押し倒されたライナスを見て、絶頂の余韻に浸っていたベルナールも意識を取り戻した。

「なになに、あなたたちもこの男に騙されたの？　いいわよ、わたしも協力してあげる」

「あ、こら、やめろ」

ライナスの抗議などだれも聞かず、エイミー、ミリア、アルネイズ、そして、ベルナールが同時に男の全身を舐めだした。

三十男が射精したばかりの男根を無理やり再勃起させられる。

「お、おまえら……ちょ、ちょっとまてぇぇ」

かくしてライナスは、復讐に燃える女たちによって逆輪姦されることになった。

※

「エイミーちゃん、ほんとにこの男が好きなの？」

ミリア、アルネイズ、ベルナールが一通り満足した最後に、エイミーが男根に跨がる。

嬉しそうに腰を振るっている少女に、ベルナールがあきれ顔で質問した。

「うん」

その迷いのない返答に、周囲の女たちは同情した顔になる。

「うわ、健気すぎて泣けてきちゃう」

「そうね。せめてわたしたちが気持ちよくなる手伝いをしてあげるわ」

ミリアとアルネイズが、エイミーの乳首を舐める。

「ああ、そんな、わたしは、ああん、ライナスのおちんちんだけでいいぃぃ」

お姉さまたちに全身を弄られて、エイミーは嬌声を張り上げる。

「いい声、さすが歌姫ね。喘ぎ声も心地よいわ」

エイミーの背中に抱き着いたベルナールは、うっとりと聞きほれる。

そこに観客席の入り口から、踊り子たちが顔を出す。

「あはは、面白いことやっていますね。あたしたちも参加していいですか?」

「いいわよ、きなさい」

アルネイズの合図で、暇をしていたらしい踊り子二十人あまりが乱交に参加してくる。

さらにエイミーと友達の見習い踊り子ミランダがおずおずと申し出た。

「あの……わたしもそろそろ処女を卒業して、大人の仲間入りをしたいんですけど、ライナスさんにお願いしていいですか?」

「いや、それは好きな人のために大事に取っておいたほうが……」

「初めては経験豊富な大人にやってもらうのが一番だと聞きました。エイミーちゃんいい

よね」

エイミーは大事な友達の身を慮って承知した。

こうなってはライナスに断れる道理はない。

（この劇団にいたら、身が持たないな。旅が終わったらエイミーとまた違う舞台を探そう……）

※

アルネイズに率いられた『愛と情熱の舞踏団』はそれからも発展し、さまざまな地で公演を行った。

金毛の小狼と呼ばれた流浪の女剣士ミリアは、各地で痛快な武勇伝を残す。特にインフェルミナ戦線においては、ドモス軍の副将と呼ばれたクブタイを討ち取る大功をあげて、その勇名を喧伝された。しかし、同時に童顔の小悪魔とも呼ばれ、エッチなお姉さんとしての武勇伝も多数残す。

シュルビー王国の亡国の姫ベルナールは無事、ドモス国王ロレントの第四女ベラゼーンを出産。

そして、天賜の歌声と呼ばれたエイミーは、この時代を代表する伝説の歌姫として、のちの世にまで語り継がれることになった。

本作品のご意見、ご感想をお待ちしております

本作品のご意見、ご感想、読んでみたいお話、シチュエーションなど
どしどしお書きください！　読者の皆様の声を参考にさせていただきたいと思います。
手紙・ハガキの場合は裏面に作品タイトルを明記の上、お寄せください。

◎アンケートフォーム◎　**https://ktcom.jp/goiken/**

◎手紙・ハガキの宛先◎
〒104-0041 東京都中央区新富 1-3-7 ヨドコウビル
(株)キルタイムコミュニケーション　二次元ドリーム文庫感想係

ハーレムディーヴァ
世界を巡る歌姫のオーバーチュア

2023 年 11 月 27 日　初版発行

【著者】
竹内けん

【発行人】
岡田英健

【編集】
向美咲
平野貴義

【装丁】
マイクロハウス

【印刷所】
図書印刷株式会社

【発行】
株式会社キルタイムコミュニケーション
〒104-0041　東京都中央区新富1-3-7ヨドコウビル
編集部　TEL03-3551-6147 ／ FAX03-3551-6146
販売部　TEL03-3555-3431 ／ FAX03-3551-1208

禁無断転載 ISBN978-4-7992-1843-3　C0193